양손에 토카레프

Tokarevs
In Both Hands

브래디 미카코 장편소설
김영현 옮김

양손에   토카레프

다다
서재

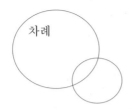

차례

일러두기

1 이 책은 계간 『asta*』 2020년 10월호부터 2021년 4월호, 온라인 매거진 「WEB asta*」에 2021년 4월부터 7월까지 연재한 글을 가필·수정하여 서적화한 것입니다.

2 이 책에 등장하는 가네코 후미코의 어린 시절에 관한 글에는 오늘날의 인권 관점에서 보았을 때 직업에 관해 차별적인 표현이 있습니다. 하지만 가네코 후미코의 수기에 기초해 그가 살았던 시대상을 작품에 반영하기 위해 당시의 표현을 그대로 수록했습니다.

3 본문의 각주는 옮긴이의 것입니다.

4 본문 중 고딕체는 원서에서 방점으로 강조한 부분입니다.

5 외래어는 국립국어원 외래어 표기법을 준수하되, 일부는 일상에서 널리 쓰이는 표기를 따랐습니다.

1

걸   걸
미츠

미아는 배가 고팠다.

거대한 유리 상자 같은 주빌리 도서관 옆을 지나치는데, 1층 카페의 창가에 맛있어 보이는 케이크를 먹는 여자가 있었다.

아아, 먹고 싶어.

먹고 싶어. 나도 저게 먹고 싶어. 그렇게 생각하는데, 어느새 도서관 안에 들어와 있었다. 어제저녁부터 제대로 먹지 못했기 때문일지도 모른다. 졸면서 걷는 사람처럼 비슬비슬 카페 쪽으로 다가가 보니 창가에 앉은 여자가 갈색 스펀지케이크를 먹고 있었다.

당근 케이크일까. 아니면 생강 케이크일까.

좀 떨어진 곳에 있었지만 보기만 해도 부드럽고 따뜻한 스펀지케이크를 상상할 수 있었다. 입 안에 침이 가득 고였다. 케이크를 먹던 여자가 '뭐야, 저 지저분한 애는.' 하는 듯한 눈길로 미아를 봤다. 그리고 바로 시선을 돌리더니 일부러 그러는 듯 케이크를 손으로 잡고 우적우적 베어 먹기 시작했다.

세상에 저렇게 케이크를 움켜쥐다니. 굶주린 어린애 앞에서 푸둥푸둥한 중년 여자가 케이크를 탐하고 있어.

그 여성은 분명히 3미터 정도 떨어진 카운터 옆에 서 있는 미아의 눈길을 신경 쓰고 있었다. 깡뚱하게 짧은 중학교 교복—타탄체크가 들어간—스커트를 입은 미아가 자기를 보는 걸 알고 있었다.

어째서 미아의 교복이 그토록 짧은가 하면, 미아의 엄마에게는 점점 자라나는 딸에게 교복을 새로 사줄 돈이 없기 때문이다.

추운 겨울날 아침에 엉덩이가 보일 만큼 짧은 치마를 입은 미아 앞에서 마리메코의 파란 꽃무늬 스커트를 입은 중년 여성이 맨손으로 케이크를 잡고 먹으며 책을 읽고 있었다. 표지에는 "PRIDE & PREJUDICE"라고 쓰여 있었다.

Pride & Prejudice. 자존심•이고 뭐고 없이 미아의 배에서 꼬르륵 소리가 났다.

엄마는 저렇게 두꺼운 책을 읽지 않는다. 『OK!』나 『HELLO!』처럼 사진밖에 없는 잡지만 집 안에 굴러다녔다. 어째서 가십 잡지의 이름에는 항상 느낌표가 붙을까. 초등학교에 입학하고 처음 알파벳을 배울 때, 미아는 선생님이 언제 '!'를 읽는 법을 가르쳐줄까 궁금했다. 미아에게는 'A' 보다도 'B'보다도 '!'가 친숙했다.

제목에 느낌표가 붙은 잡지는 대체로 부엌 탁자 위에 펼쳐져 있었다. 머지않아 잡지 위에는 하얀 가루가 놓이기 시작했다. 엄마는 "약을 하면 배가 고프지 않아."라면서 미아에게 가루를 들이마시라고 한 적도 있다. 미아가 일곱 살인가 여덟 살이었을 때의 일이다.

애초에 엄마가 생활보호수당을 그 하얀 가루에 써버리지 않는다면, 미아도 남동생도 지금처럼 항상 배를 곯지는 않을 것이다. 그 가루와 비교하면 감자는 싸다. 빵도 싸다. 감자튀김도 소시지도 훨씬 싸다.

그런데도 엄마는 그런 것들, 목숨에 필요한 것들을 사지 않는다. 자신과 아이들을 살리기 위해 필요한 것을 하나도

● 『Pride and Prejudice』는 국내에 『오만과 편견』이라는 제목으로 번역 출간되었지만 'pride'에는 '자긍심, 자존심'이라는 뜻이 있다.

사지 않는다.

미아는 발길을 돌려 창가의 카페를 뒤로하고 소설이 꽂힌 책장들이 줄지어 있는 도서관의 중앙 구역을 향해 걷기 시작했다. 천장이 뚫린 넓은 중앙 구역을 통과해 카페 반대편의 벽 쪽으로 가면 어린이와 10대를 위한 책장이 있다.

미아가 훨씬 어렸을 적에 엄마는 미아를 이곳에 데려오곤 했다.

책이 엄청 많아, 책을 많이 읽으렴, 나는 책을 안 읽어서 이렇게 됐어. 엄마는 어린 미아에게 그런 말을 되풀이했다. 그런 말을 했던 사람치고 그는 그림책을 읽어준 적이 없었다. 일단 책을 빌려서 집에 돌아오면 부모로서 책무를 다한 것이라고 여기는 모양이었다. 손 닿는 곳에 그림책이 굴러다니면 이윽고 어린아이가 혼자 읽기 시작하리라고 생각한 것이다. 아마 미아의 엄마에게도 부모가 책을 읽어준 기억 따위는 없었을 테니까.

미아는 정면의 어린이책 코너에서 눈을 돌렸다. 이것저것 생각나서 신경이 삐쭉삐쭉 곤두섰기 때문이다. 그대로 모퉁이 왼쪽으로 돌아 문구점이 있는 통로를 통해 도서관 밖으로 나가려 했다.

그렇지만 그날따라 엘리베이터가 활짝 열려 있었다. 항상 고장 나 있는지 버튼을 눌러도 한참 동안 1층으로 내려오지 않던 엘리베이터의 문이 때마침 열려 있었다.

왠지 갑자기 횡재한 듯한 느낌, 저걸 타지 않으면 손해인 것 같은 느낌에 미아는 뛰어서 엘리베이터에 올라탔다. 미아의 앞에 무언가 열려 있다니 좀처럼 없는 일이었기 때문이다. 세계는 항상 미아 앞에서 문을 닫고 있었다. 방금 전까지 열려 있던 문도 눈앞에서 탁 닫히곤 했다. 언제나 그랬다.

엘리베이터에는 먼저 탄 사람이 있었다. 수건과 잡동사니를 꾹꾹 눌러 담은 슈퍼마켓 비닐봉지를 몇 개나 손에 들고 있는 봉두난발의 아저씨가 미아의 얼굴을 뚫어지게 보았다. 그 시선은 점점 아래로 내려가 미아의 짧은 치마 쪽을 응시했다.

만약에 엘리베이터가 고장 나서 이 사람이랑 단둘이 갇혀버리면 어쩌지.

반사적으로 몸을 돌려 내리려 하는데 등에 가방을 멘 대학생 같은 커플이 엘리베이터로 들어왔다. 두 사람은 즐겁게 대화하며 올라탔지만, 곧장 말을 멈추고는 유리창이 있는 쪽으로 빙글 돌아섰다. 두 사람은 밖을 내다보며 말없이 숨을 멈추고 있었다.

냄새가 구리겠지. 저 아저씨가 구린 것이다. 미아는 그런 악취에 익숙했다. 알코올과 암모니아가 뒤섞인 듯한 특유의 냄새. 엄마도 이런 냄새를 풍길 때가 있다. 사람이 며칠씩

샤워를 안 하고 빨래도 안 한 옷을 입으며 술을 마시면 이런 냄새가 나기 시작한다.

그러다 미아는 정신이 번쩍 들어 아래를 내려다보았다.

혹시 구린 건 나일지도 몰라. 가스비가 오른 뒤로 샤워를 한 게 언제였더라. 엄마와 같은 집에서 사는 내게서도 그 악취가 나는지 몰라.

엘리베이터 문이 열리자 더는 못 참겠다는 듯이 커플이 내렸다. 두 사람은 다시 쾌활하게 대화를 시작했고, 안쪽에 있는 열람실로 걸어갔다.

나한테 악취가 날 수도 있으니 열람실로 갈 수는 없어. 엘리베이터에서 내린 미아는 그대로 멈춰 섰다. 원래는 컴퓨터를 자유롭게 쓸 수 있는 열람실에서 시간을 때울 셈이었다. 하지만 역한 냄새를 풍기면서 밀실에 앉아 있을 수는 없는 노릇이었다. 미아와 같은 생각인 걸까, 아니면 사람들이 불쾌해하기 때문일까, 오전의 도서관에는 홈리스 같은 사람도 몇 명 있었지만 다들 열람실에는 들어가지 않고 공용 공간의 벤치에 앉아 있었다.

학교를 땡땡이치고 쇼핑몰이나 게임센터에 갈 수 있는 중학생들과 달리 미아는 시간을 보낼 장소가 도서관 정도밖에 없었다. 겨울에는 특히 그랬다. 도서관은 적당히 따뜻했고 운이 좋으면 탁자 위에 사람들이 두고 간 과일이나 먹다 남긴 초콜릿 같은 것도 있었다.

정말로 나는 홈리스나 마찬가지구나. 미아는 생각했다. 몸에서 악취가 날까 봐 열람실에도 들어가지 못하는 사람. 책장에서 아무 책이나 꺼내 읽는 시늉을 하면서 공용 공간의 탁자 위에 누군가 두고 간 과자를 찾는 사람.

미아도 책장에서 책을 한 권 꺼내고는 벤치에 앉아 읽는 척을 했다. 아까 엘리베이터에 함께 탔던 홈리스인 듯한 아저씨가 통로 맞은편 벤치에 앉아 있었다. 그는 발밑에 비닐 봉지들을 두고 고개 숙여 파란 표지의 책을 보고 있었다.

아저씨가 옆 탁자 위에 책을 올려둔 순간, 표지에 그려진 여성을 보고 미아는 가슴이 덜컥했다.

엄마와 똑 닮았기 때문이다.

머리에 두르고 있는 터번치고 네모진 모양의 천, 어딘가의 민족의상 같은 옷, 매끄럽고 하얀 얼굴. 갸름한 얼굴 윤곽도 그렇고, 오뚝한 코에 가느다랗게 찢어진 눈도 그렇고, 약에 취해서 공허하게 실눈을 뜬 엄마와 똑같았다.

홈리스 아저씨는 좀 전까지 진지한 표정으로 그 책을 탐독했다. 때때로 홈리스 중에 그런 독서가가 있다는 걸 미아는 알고 있다. 어려워 보이는 두꺼운 책을 한 장 한 장 뚫어져라 읽는 사람이 가끔씩 있다. 엄마는 책을 읽는 인간이 되면 자기처럼 먹고사는 데 고생하지 않게 된다고 했지만, 그들은 그토록 열심히 독서하는데도 홈리스가 된 것이다. 이 세상은 엄마의 생각보다 훨씬 복잡하고 모순이 가득하다.

미아는 손에 든 책(하필이면 『하이로우, 진동의 법칙』이라는 자기계발서였다)을 펄럭펄럭 넘기는 척하면서 남동생 찰리에 대해 생각했다. 오늘 아침, 선반에 딱 두 장 남아 있던 식빵을 아침으로 먹였는데, 찰리가 좋아하는 누텔라 초코잼도 땅콩버터도 떨어져서 마가린밖에 발라주지 못했다. 찰리가 아침을 먹으며 불평하기에 미아는 무심결에 동생을 심하게 혼냈다. 어제저녁에도 남아 있던 냉동 감자튀김을 전부 찰리에게 주었는데.

나도 배 속이 텅 비었는데 무슨 어리광을 부리는 거야. 먹을 수 있는 건 뭐든 먹어. 불평할 때가 아니잖아.

화가 나서 자기도 모르게 고함을 치고 말았다. 동틀 때까지 술을 마신 엄마는 내 목소리 따위 신경도 쓰지 않고 죽은 듯이 잠에 빠져 있었다. 하지만 찰리는 미아의 고성에 겁먹고 부엌 의자에 앉은 채로 오줌을 싸버렸다. 2년 전까지 찰리는 학교에서 괴롭힘을 당하거나 밤중에 무서운 꿈을 꾸면 바지와 침대를 소변으로 적시곤 했다. 미아는 남동생이 성장하면서 그런 일이 없어진 줄 알았다.

요즘 들어 항상 피곤하고 배가 고프고 화가 치밀어. 혹시 나도 성장기에 들어선 건가.

레일라가 말한 적 있다. 10대 초반에는 성장기라는 게 있으며 몸이 엄청 피곤하고, 식탐이 엄청 심해지고, 항상 엄청 졸린 시기라고. 마침내 미아에게도 그 성장기가 찾아든 것일지 몰랐다.

어쨌든 지금은 찰리에게 젖은 교복 바지 대신 오래된 바지를 입힌 게 신경 쓰였다. 그 바지는 찰리가 작년에 입었던 것으로 이제는 기장이 짧아서 바짓단과 검정 구두 사이로 양말이 보였다. 여자애라면 교복 스커트가 짧아도 일부러 미니스커트로 입은 모양이라고 해석될 여지가 있다. 하지만 남자애는 바지가 짧아서 양말이 보이는 시점에 바로 끝이다. 가난하다는 것 외에 어떤 이유도 댈 수 없다. 심지어 그 바지는 무릎과 엉덩이 쪽이 하얗게 닳았기 때문에 모두에게 웃음거리가 될 게 뻔했다. 쉬는 시간이나 점심시간에 또 애들이 괴롭힐지 몰라. 나 때문이야. 조그만 동생에게 화풀이를 한 내 탓이야.

생각만 해도 미아는 가슴이 미어졌다. 미아는 자기 일로 이렇게 마음 아파하지 않는다. 하지만 찰리에게 무슨 일이 생기면 누군가가 멱살을 꽉 움켜쥐는 것만 같다.

문득 고개를 들어보니 마침 홈리스 같은 그 아저씨가 벤치에서 일어나 발밑의 비닐봉지들을 바스락거리며 들고는 엘리베이터로 걸어갔다. 그가 앉았던 벤치 옆 탁자에는 파란 표지의 책이 그대로 놓여 있었다.

미아는 자리에서 일어나 표지에 그려진 초상화를 자세히 보기 위해 탁자로 다가갔다. 표지에는 "어느 일본인 여성의 교도소 회고록"이라고 쓰여 있었다. 표지의 여성은 일본인인 것 같았다. 영국인인 미아의 엄마와 일본인의 얼굴이 닮아 보였다니 신기했다. 실제로 가까이서 보니 초상화에 그려진 사람은 동양인으로 엄마와 조금도 비슷하지 않았다.

가네코, 후미코···. 그 여성의 이름 같았다. 미아는 벤치에 앉아서 책을 읽기 시작했다.

"재미있니?"

급작스러운 질문에 미아가 고개를 들자 어느새 돌아온 아저씨가 비닐봉지를 잔뜩 들고 서 있었다.

"죄송해요. 더 이상 안 읽으시는 줄 알고요."

미아가 깜짝 놀라서 일어나자 아저씨가 말했다.

"나는 벌써 여러 번 읽은 책이니까 맘에 들면 네가 읽어도 돼."

홈리스 같은 옷차림의 아저씨는 왠지 왕실 사람들이 쓸 법한 상류층 억양의 영어를 구사했다.

"너 같은 여자아이가 읽기에 재미있을 거야."

장발에 수염이 덥수룩한 아저씨의 얼굴은 가까이서 보니 멀리서 봤을 때보다 훨씬 젊었다.

미아는 나 같은 여자아이라니 무슨 뜻일까 생각하며 책장을 넘겼다.

인간은 네 살 정도부터만 기억할 수 있는 것 같다. 내 기억에는 그 전의 일이 하나도 없기 때문이다. 그래도 아버지가 '정상'이었던 무렵의 기억은 지금까지 뚜렷이 남아 있다.

아버지에 관한 첫 번째 기억은 눈물이 날 만큼 따뜻하다. 그 시절 그에게는 일정한 직업이 있었고(세상에 그것도 형사였다), 애초에 교육을 잘 받고 자란 도련님이기 때문인지 가난해도 허투루 살지는 않으려 했던 것 같다. 적어도 나를 대하는 태도는 그랬다.

아버지는 나를 작은 인형처럼 소중히 다뤘다.

마치 트로피를 자랑하듯이 목말을 태웠고, 머리카락을 자르러 갈 때도 어머니가 아니라 아버지가 데려가주었다. 병이 나면 곁에 딱 붙어서 간병해주었고, 밥을 먹을 때는 생선이나 고기를 먹기 쉽게 젓가락으로 잘라주었다.

그렇지만 머지않아 그의 쉽게 질리는 성미가 드러났다. 조그마한 딸을 새 장난감처럼 예뻐하는 걸 그만두고 젊은 여자를 집에 들이기 시작한 것이다. 어머니는 젊은 여자와 항상 싸웠고, 아버지는 지긋지긋하다는 듯이 어머니를 때렸다. 그런 분위기였기 때문에 어머니는 몇 번씩 가출했다. 하지만 며칠 지나면 반드시 돌아왔다. 갈 곳이 없었던 것이다. 그 무렵 아버지는 이미 형사를 그만둔 뒤였다. 빈둥대는 느낌의 남자들이 우리 집에 모여서 화투만 쳤다.

그러던 와중에 남동생 겐이 태어나 4인 가족이 되었다. 그리고 얼마 뒤 또 가족이 한 사람 늘어났다.

그 사람이 찾아온 것이다.

그 사람이란 어머니의 여동생, 즉 내 이모인 다카노다.

당시 다카노는 스물두세 살. 용모 단정한 미인으로 머리 회전이 빠르고 무슨 일이든 척척 해내서 집 안에 활짝 핀 꽃 같았다.

아버지는 처음부터 다카노를 마음에 들어하는 것이 빤히 보였다. 아버지가 매일 집에서 빈둥거리는 바람에 삯일로 생계를 꾸리던 어머니는 가끔씩 고용주에게 물건을 전하기 위해 남동생을 업고 외출했다. 그런데 언젠가부터 어머니가 나가면 아버지와 이모가 문을 닫고 단둘이 방에 틀어박히기 시작했다.

얘기를 하는 것도 아니고 한참 동안 뭘 하는 걸까. 궁금해서 몰래 방 안을 엿본 적이 있다. 역시 두 사람은 그걸 하고 있었다.

'역시'라고 하는 이유는 남녀가 그 행위를 하는 모습을 내가 이미 여러 번 봐서 알았기 때문이다. 아버지와 어머니, 아버지와 젊은 여자, 아버지와 이모. 짝은 달라져도 남자와 여자는 결국 그런 식으로 되었다. 가난해서 집이 좁았던 탓도 있지만, 내 주위 어른들은 어린아이 앞에서 그 행위를 하는 데 거리낌이 없었다. 그래서 내게는 네 살 무렵부터 (즉, 내 기억의 처음부터) 그 행위가 생활의 일부였다.

나는 내가 본 것을 어머니에게 말하지 않았다. 이모와 아버지의 비밀을 어머니는 모르는 편이 낫다고 어린 나이에도 직감한 것이다. 나는 작은 어린아이였기 때문에 논리적인 이유는 없었다. 그저 맹렬하게 무서웠다. 어머니에게 말하면, 집에서 벌어진 일이 드러나면, 발밑에 구멍이 뻥 뚫려서 집안 전체가 빠져버릴 것이다. 그런 느낌이 들었다.

어떤 집이든, 어떤 형태의 가족이든, 아버지와 어머니와 이모와 나와 남동생까지 다섯 사람이 함께 사는 집은 어두운 밤과 비바람에서 나를 지켜주는 피난처였다. 어린아이에게는 집이 전부인 것이다. 그런 집이 무너지는 것은 세상의 종말이나 다름없다.

이러저러하는 사이에 이모가 가출해서 몇 달 동안 행방불명이 되었다. 어느 부잣집에서 숙식하며 하녀로 일했던 것 같다. 아버지는 집요하게 여기저기 찾아다녔고, 결국 이모가 있는 곳을 알아내서 데려왔다. 이모는 얼마 지나지 않아 다시 가출했지만, 이번에도 아버지가 찾아내서 집에 데려왔다. 그 뒤로 이모는 가출을 하지 않았다. 도망칠 수 없다고 깨달은 모양이었다.

이모의 체념과 어머니의 체념.

아버지를 중심으로 돌아가는 가족의 생활은 여자들의 체념 위에서 이루어졌다.

어른들의 성과 폭력으로 가득한 날들이 돌아왔지만, 어렸던 내게는 원래와 같은 생활이라 평화로웠다. 한 남자와 두 자매의 관계가 평범한 가족과 다르다는 사실조차 나는 몰랐던 것이다.

그 책은 약 100년 전 일본에 살았던 여성이 쓴 자서전이었다.

그렇지만 미아는 책의 내용이 전혀 자신과 동떨어진 이야기 같지 않았다. 미아가 살고 있는 공영단지에도 이런 가족이 여기저기 널려 있기 때문이다.

저자인 가네코 후미코는 교도소에서 이 책을 쓴 것 같은데, 미아가 사는 단지에도 교도소에 다녀온 적 있는 사람이 꽤 많다. 약물과 가정폭력과 절도, 비슷한 죄를 반복하며 교도소에 들락날락하는 사람도 있다. 후미코라는 일본인 소녀의 세계는 미아가 살아가는 세계와 무척 비슷했다.

후미코의 어머니와 이모가 후미코의 아버지에 대해 체념했듯이 미아의 어머니도 남자에 대해 체념했다. 남자 같은 건 믿고 기댈 수 없으며, 굳이 말하면 재앙의 원인밖에 안 된다는 걸 알고 있다. 그런 주제에 끊임없이 남자를 집으로 끌어들였다.

인간은 네 살 정도부터만 기억하는 것 같다고 후미코가 썼는데, 정말 그런 것 같다. 미아 역시 네 살쯤에 엄마가 만났던 남자를 똑똑히 기억하기 때문이다. 그 남자는 드러그 딜러drug dealer, 불법 약물 밀매업자였다. 아버지가 자메이카인에 어머니는 스페인인이라고 했는데, 술에 취하면 자신을 "카페 콘 레체"라고 불렀다. '우유 섞인 커피'라는 뜻인 모양이었다.

"불쌍한 사람이야."

미아의 어머니는 어린 딸에게 그렇게 말하며 그의 이야기를 들려주었다.

"그 사람의 엄마는 술에 취하거나 화가 나면 자기 자식을 그렇게 불렀대. 자기 아이한테 인종차별을 하는 엄마라니 최악 아니니. 부모한테 차별을 당하면서 자란, 정말 불쌍한 사람이야."

그는 성격이 따뜻했고, 엄마가 사귀었던 다른 남자들과 달리 주먹을 휘두르지 않았다. 하지만 술을 정말 많이 마셨다. 항상 엄청난 양의 술을 마시고 미아의 어머니와 그 행위를 했다.

그 옆에서 어린 미아는 엄마가 대출해준 그림책의 책장을 펄럭펄럭 넘겼다. 남자는 그런 미아를 가엾게 여겼던 것 같다. 엄마가 정신없이 잠에 빠지면, 남자는 침대에서 내려와 미아 옆에 앉았다. 그리고 미아가 들고 있던 그림책을 읽어주었다.

남자의 리드미컬한 어조에 미아는 깜짝 놀랐다. 이 사람은 지금 무슨 말을 하는 건가. 눈을 커다랗게 뜨고 남자의 얼굴을 올려다보았다. 그리고 금세 남자가 들려주는 이야기에 매료되었다. 미아는 그때 그림책이 손가락으로 책장을 넘기거나 덮으면서 갖고 노는 장난감이 아니라는 사실을 처음 알았다. 거기에는 무언가 소리 내어 읽고, 들려주고, 귀를 기울여 들을 수 있는 이야기가 쓰여 있는 듯했다.

처음 들어보는 이름의 사람과 동물, 모르는 사람들의 경험이 책 속에 펼쳐졌다. 그건 지금 미아가 있는 여기와는 다른 세계의 이야기였다.

미아는 여기가 아닌 다른 세계의 이야기를 듣는 게 무척 좋았다. 그래서 그가 엄마를 만나러 오길 내심 기대했다.

그렇지만 머지않아 그는 미아의 집에 못 오게 되었다. 경찰에 붙잡힌 듯했다.

그다음으로 미아의 집에 들러붙은 것은 같은 단지에 살고 있던 젊은 남자였다. 엄마보다 훨씬 어린 그 남자는 딜러가 아니었지만 항상 약을 갖고 있었다. 그는 언제나 미아를 방해물 취급하며 엄마가 안 볼 때 집 밖으로 쫓아냈다. 그래도 그 무렵 미아는 초등학교의 유치반에 다니기 시작한 덕분에 친구인 이비의 집에 놀러 가서 시간을 때울 수 있었다.

이비의 어머니 조이는 미아에게 처음 그림책을 읽어준 남자처럼 백인과 흑인 사이에서 태어났다. 그리고 역시 그 남자처럼 미아에게 책을 읽어주었다. 4세 아동이 다니는 유치반의 숙제는 보호자가 아이에게 그림책을 읽어주고 함께 그 책에 관해 이야기해보는 것이었기 때문이다.

조이는 미아의 어머니가 숙제를 봐줄 리 없다는 걸 알았기 때문에 이비뿐 아니라 미아의 노트에도 오늘 무슨 그림책을 몇 장 읽었는지, 미아가 어떤 새로운 단어를 익혔는지, 이야기의 어느 부분에 흥미를 보였는지 등을 매일 꼼꼼히 적어주었다. 그리고 자신의 딸 이비와 미아를 식탁 의자에 앉히고 읽기 쓰기를 열심히 가르쳤다.

"두 사람 다 얼른 스스로 책을 읽을 수 있게 되렴. 책을 많이 읽고 대학교에 가면, 나 같은 일을 하지 않아도 되고 이런 단지에 살지 않아도 돼. 열심히, 열심히 공부해서 여기와는 다른 세계에 사는 사람이 되렴."

슈퍼마켓에서 일하는 조이는 늘 그렇게 말했다. 드러그 딜러는 책 속에 여기와 다른 세계가 있다는 걸 가르쳐주었다. 그리고 조이는 책을 많이 읽으면 다른 세계에서 살 수 있다고 했다.

'책'과 '다른 세계'는 이어져 있다.

미아는 그렇게 직감했다. 그렇게 생각하면 머릿속을 막고 있던 단단한 마개가 쑥 빠진 듯 속이 시원해졌다.

그때의 느낌을 미아는 지금 선명히 기억해냈다. 가네코 후미코의 세계와 미아의 세계가 시공을 뛰어넘어 서로 맞닿은 느낌이 들었기 때문이다.

100년도 더 된 옛날 머나먼 나라에서 살았던 소녀가 미아에게 말을 걸었다. 마치 다른 세계의 소녀가 책이라는 다리를 건너 이쪽으로 걸어온 것 같았다. 후미코는 미아의 옆에 앉아 자신의 이야기를 들려주었다.

미아는 책을 덮고 벤치에서 일어나 무인 대출기 쪽으로 걸어갔다. 조이가 만들어준 도서관 회원 카드는 아직 지갑 속에 있다.

미아는 대출기 앞에 서서 파란 표지의 책을 기계 위에 올렸다.

어째서 엄마와 닮았다고 생각했는지 신기할 만큼 이국적인 얼굴의 여성이 표지 위에서 미아 쪽을 가만히 바라보고 있었다.

이 사람은 어렸을 때 살았던 세계에서 뛰쳐나갈 수 있었을까?

어딘가 다른 세계로 갈 수 있었을까?

미아는 그런 것이 몹시 궁금해서 그 책을 읽기로 했다.

2

다른　　　입구
세계의

　미아는 남동생이 다니는 초등학교의 교문 옆에 서서 어제 대출해온 책을 읽었다. 미아는 학교 공부에는 아무런 관심이 없지만 책만은 곧잘 읽는다.

　매일 20분씩 독서 시간이 있기 때문에 학교에는 대출용 책이 많이 구비되어 있다. 그래서 읽을 책이 부족하지는 않았다. 미아처럼 용돈을 받을 형편이 안 되는 가정의 아이에게 책은 무료 엔터테인먼트인 것이다.

　그렇지만 학교에서 빌려 보는 청소년용 도서는 왠지 잔소리하는 듯한 내용이 많았다. 가네코 후미코의 책에는 그처럼 강요하는 느낌이 없었다. 미아가 사는 공영단지의 계단에 앉아서 비슷한 처지인 여자아이에게 이야기를 듣는 것 같았다.

그래서 후미코의 책을 펼치면 읽기를 멈출 수 없었고, 조금이라도 시간이 나면 가방에서 꺼내어 읽고 싶었다.

남동생 찰리네 반이 좀처럼 교문으로 나오지 않았기 때문에 미아는 또 정신없이 후미코의 이야기를 따라 읽었다.

아이를 마중 나온 보호자들은 주위에서 와자지껄 이야기꽃을 피우고 있었다. 하지만 책을 읽기 시작하면 미아의 귀에는 후미코의 목소리밖에 들리지 않았다. 정말로 다른 세계의 입구 같은 책이었다.

문득 책에서 고개를 드니 흙투성이가 된 찰리가 등을 움츠리고 교문에서 나오고 있었다.

"무슨 일이야? 누구한테 당했어?"

미아는 깜짝 놀라서 언성을 높였다.

"루이인가 하는 애? 아니면 잡화점 파키스탄인의 아들? 보나 마나 또 걔들이지. 누가 넥타이를 채갔어?"

세상 모든 사람과 싸울 듯한 눈초리로 괴롭힌 아이의 부모를 찾는 미아의 팔을 찰리가 꼭 붙들었다. 눈에는 눈물이 그렁그렁했다.

"하지 마. 넥타이는 펜스 옆의 수풀 속에 있으니까. 던져 버린 걸 주우려고 펜스 위에 올라갔는데 발을 잡아당겨서

27

물웅덩이에 떨어지는 바람에 흙투성이가 된 거야…."

"그렇게 높은 펜스에서 떨어지면 크게 다칠 수도 있잖아!"

"괜찮아. 옆에서 보던 여자애가 선생님한테 얘기해줘서 보건 선생님이 반창고도 붙여줬으니까. 살짝 긁힌 정도야. 괜찮아."

괜찮을 리가 없다.

전혀 괜찮지 않은 일도 찰리는 항상 이렇게 말하며 얼버무린다.

"바지는 왜 그래?"

찰리는 교복 바지가 아니라 체육복 반바지를 입고 있었다.

미아는 대충 상상할 수 있었다. 괴롭히는 아이들이 찰리가 체육복으로 갈아입은 사이에 바지를 숨긴 것이다. 짧은 바지가 촌스럽다느니 가난뱅이라느니 실컷 비웃은 끝에 어딘가에 숨겨버렸을 것이다. 그런 아이들은 찢어진 교복이나 작아진 교복을 입은 아이에게 종종 이런 짓을 한다. 미아도 당한 적이 있다.

양 주먹을 꽉 쥐고 보호자 무리를 향해 당장이라도 달려들려 하는 미아의 등 뒤에서 찰리가 가녀린 목소리로 말했다.

"누나, 아무 말 하지 마. 그러면, 내일도 괴롭힐 거야. 부탁이야."

찰리의 황갈색 곱슬머리가 눈물로 얼룩진 뺨에 달라붙어 있었다. 여덟 살치고는 몸집이 작고 마른 동생. 그토록 질 나쁜 공영단지에 살면서도 겉모습은 마치 천사 같았다. 터프해져야 한다고 얼마나 잔소리를 했는지 모른다. 하지만 찰리에게는 무리한 주문이었다. 다음에 괴롭힐 때까지 되도록 몸조심하면서 눈에 띄지 않으려 노력하는 것밖에는 찰리 같은 아이가 살아갈 방도가 없다.

가만히 자신을 올려다보는 남동생의 양손을 잡고 미아는 말했다.

"알았어. 하지만 저 자식들을 용서한 건 아냐. 다음에 무슨 일이 있으면, 정말 죽여버릴 거야."

그렁그렁한 눈을 초승달처럼 뜨며 찰리가 미소 지었다.

"흥, 오늘은 잡화점에서 제일 비싼 걸 훔치는 정도로 봐줄까."

홧김에 그렇게 말하는 미아에게 찰리가 달려들어 안기기에 미아는 동생이 어렸을 때처럼 안아주었다. 하지만 동생이 어이없을 만큼 가벼워서 중요한 사실을 깨달았다. 그러고 보니 정말로 도둑질이라도 하지 않으면 안 되었다. 먹을 게 하나도 없었다. 생활보호수당이 들어올 때까지 아직 이틀이나 남았는데.

이튿날, 학생식당에서 미아는 여느 때처럼 계산대 앞에 늘어선 줄의 맨 뒤에 섰다. 그리고 슬며시 주위를 살피며 카운터 아래에 놓인 바구니의 샌드위치에 손을 뻗었다. 잽싸게 햄 치즈 샌드위치를 잡고는 교복 재킷 아래로 숨기면서 가방에 넣었다.

미아 쪽을 보는 학생은 아무도 없었다. 미아는 뒤이어 페이스트리가 담긴 바구니에도 손을 뻗어 아몬드 크루아상 두 개를 가방에 넣었다.

학생식당 안을 돌아다닐 때보다 계산대 줄의 맨 뒤에 있을 때가 음식을 훔치기 쉬웠다. 무리 지어 선 학생들은 수다에 푹 빠져 주위에서 뭘 하는지 보지 않았고, 혼자 서 있는 학생들은 오로지 앞만 봤다. 게다가 빵과 시리얼바 등 훔치기 좋은 음식은 계산대 옆에 있는 매대 아래의 바구니에 담겨 있어서 줄의 맨 뒤는 무언가 슬쩍하기에 최적의 장소였다.

'뭔가 더 챙겨둘까.'라고 생각하며 가방에서 고개를 든 순간, 미아는 가슴이 덜컥했다.

자기를 보는 시선을 눈치챘기 때문이다.

이비가 친구들과 학생식당에 와 있었다. 기다란 검은 머리카락을 뒤통수의 높은 자리에 하나로 꼭 묶고 허리가 쏙 들어간 재킷을 입은, 키가 훤칠한 이비가 조용히 미아를 바라보고 있었다.

다 봤어.

미아의 심장이 갑자기 빠르게 뛰었다. 미아가 자기도 모르게 바닥을 보자 이비도 시선을 슥 돌렸다.

미아 같은 가정 형편의 아이들은 학교에서 무료로 점심을 먹을 수 있다. 하지만 지원해주는 금액이 정해져 있어서 한도를 넘어서면 카드를 쓸 수 없다. 음식을 훔치면 그만큼 지원금을 남길 수 있고, 훔친 음식을 집에 가져가 저녁으로 먹을 수도 있다. 미아만 그러는 게 아니다. 사정이 절박한 집의 아이들은 모두 그렇게 한다. 다른 학생들도 그런 사실을 알고 있다. 학교 측도 실은 알면서 모른 척하는 것이다.

그렇다 해도, 음식을 훔치기 시작한 걸 이비에게 들키고 말다니.

미아는 갑자기 생각이 바뀐 척을 하며 줄에서 벗어나 식당 밖으로 나갔다. 깜짝 놀란 듯한 이비의 눈빛이 머릿속에서 사라지지 않았다.

이튿날, 예상치 못한 일이 일어났다. 체육 수업을 마치고 수학 교실로 들어갔는데, 미아가 항상 앉는 책상 위에 "미아에게"라고 쓰인 메모지가 놓여 있었다. 메모지를 펼쳐서 보자 "가장 오른쪽 옷걸이 아래에 슈퍼마켓 봉지가 있어. 혹시 필요 없으면 그냥 둬. E."라고 적혀 있었다.

31

교실 뒤쪽의 옷걸이 곁으로 가보니 정말 봉지가 있었고 속에 식빵 한 봉지와 통조림이 몇 개 들어 있었다. 어제 식당에서 음식 훔치는 걸 본 이비가 요즘 미아의 사정이 힘들다는 걸 짐작하고 가져온 것이다. 미아는 얼굴이 확 뜨거워졌다.

이비는 어제 식당에서 본 걸 조이에게도 얘기했을지 몰라. 그래서 조이가 이비에게 먹을 걸 가져가라고 권했을 수도 있어.

그렇지만 어쨌든 도움이 되는 건 사실이었다. 이것저것 고민하거나 부끄러워할 때가 아니었다.

봉지 속을 들여다보니 하얀 봉투가 들어 있었다. 봉투 속에서 조이의 메시지가 나왔다. "카울리즈 카페에 오렴."이라고 쓰여 있었다. 맞다. 그곳에 가면 배불리 밥을 먹을 수 있다.

미아는 초등학생 때 가봤던 그 카페를 떠올리며 조이의 메시지가 쓰인 종이를 주머니에 넣었다. 그리고 자기 자리로 돌아가 지루한 수업 시간을 때우기 위해 가방에서 책을 꺼냈다.

마침내 집에 먹을 게 동났을 때, 동생을 등에 업은 어머니는 내 손을 잡고 아버지를 만나러 갔다. 아버지의 친구 집에 도착하자 어머니는 느닷없이 툇마루로 올라서더니 문을 열어젖혔다. 아버지는 남자들과 화투를 치고 있었다.

"아이들은 저녁밥도 굶고 있는데, 당신은 뭐가 즐거워서 술이나 마시고 화투나 치는 거야!"

어머니는 어디서 그런 힘이 나올까 놀라울 만큼 크게 고함쳤다. 항상 얻어맞기만 하던 어머니가 드물게도 온몸으로 아버지에게 맞섰다.

아버지는 바닥에서 쑥 일어났다. 그리고 눈알이 튀어나올 듯한 무서운 얼굴로 쿵쿵 걸어오더니 어머니를 툇마루에서 밀어 떨어뜨렸다. 등에 업은 동생과 함께 어머니가 바닥에 굴러떨어졌다. 맨발로 바닥에 내려선 아버지가 더 때리려고 주먹을 치켜드는데, 같이 화투 치던 남자들이 뒤에서 아버지를 말렸다.

우리는 아버지한테 돈도 음식도 받지 못하고 울적하게 왔던 길로 다시 돌아갔다. 맞서봤지만 소용없었다. 전부 소용없다, 살아가는 것조차 소용없다. 그렇게 생각하는 듯이 어머니는 무표정했다.

"잠깐 기다려."

갑자기 뒤에서 아버지의 목소리가 들렸다.

역시 따라와줬어. 그렇게 생각한 나는 목소리가 들리는 쪽을 돌아보았다.

어머니도 뒤돌아 아버지의 얼굴을 봤다. 이러쿵저러쿵하지만 아버지도 가족을 신경 쓰고 있었던 거야. 하지만 그건 물러터진 생각이었다. 이번에도 아버지는 눈에 핏발을 세우고 얼굴은 잔뜩 일그러뜨리고 있었다.

"이년이 사람들 앞에서 창피를 줘? 니가 재수 없는 짓을 하는 바람에 졌잖아. 너 때문이야, 너 때문에 졌다고!"

그렇게 소리치며 어머니를 나막신으로 때렸다. 그러더니 어머니의 멱살을 움켜쥐고 낭떠러지에서 떨어뜨려버린다고 크게 고함쳤다. 그곳은 높은 벼랑이었다. 관목과 가시나무가 뒤얽혀 있는 낭떠러지 아래는 새카맸다. 저런 곳에 떨어지면 죽을 거라고 생각했다. 어머니의 등에서 동생이 자지러지듯 울었다.

"그만해, 아버지, 겐이, 겐이 놀랐어요. 아버지, 겐을 울리지 마."

나는 필사적으로 아버지에게 매달렸지만, 그는 어머니를 잡은 손을 놓지 않았다. 나는 두려워서 얼굴 전체를 눈물로 적시며 달리기 시작했다. 근처에 아버지의 친구가 산다는 걸 떠올렸기 때문이다. 아버지의 친구는 식사 중이었지만, 사정을 듣고는 곧장 달려가주었다. 그 사람이 그때 막아주지 않았다면, 아버지는 아마 어머니와 동생과 나를 그 어둠 속으로 떨어뜨렸을 것이다.

방해물을 보는 눈빛. 그때 그는 그런 표정을 짓고 있었다. 우리까지도 자신의 인생에서 사라지길 강렬히 바라고 있었다.

어른은 그런 눈으로 아이를 봐서는 안 된다. 아이가 나는 여기 있으면 안 되는 거라고 생각하게 되니까. 그런 눈빛으로 쏘아본들, 이미 태어나버렸는데. 누군가 내가 없기를 바란들, 이미 이 세계에 존재하고 있는데.

그 후, 나는 이곳이 아닌 다른 세계로 가고 싶다고 생각하게 되었다.

누구도 내가 없기를 바라지 않는 세계. 그 자리에 내가 있어도 되는 세계.

머지않아 나는 다른 세계의 입구를 스스로 찾아냈다. 바로 어머니가 사 오는 채소의 포장지로 쓰인 신문이었다.

이 종이에는 뭐라고 쓰여 있을까. 몹시 알고 싶었지만, 문자들의 행렬을 아무리 바라봐도 전혀 읽을 수 없었다.

그래서 나는 신문에 쓰인 내용을 멋대로 상상해서 놀기 시작했다. 이 구석에 쓰인 건 바다에 빠질 뻔했지만 큰 물고

기가 구해준 소녀의 이야기가 틀림없어. 물고기는 앞으로도 소녀를 길러주고, 소녀는 나중에 해적이 돼서 전 세계의 바다를 누빌 거야. 나는 차례차례 이야기를 지어냈고, 마치 신문지를 읽듯이 소리 내어 말해보았다.

이곳이 아닌 다른 세계는 내가 떠올리는 이야기 속에 있었다.

그곳은 아버지와 어머니와 이모와 나와 남동생이 사는 작은 세계의 바깥에 있는 무한하게 넓은 세계였다. 만난 적도 본 적도 없는 사람들의 이야기가 틀림없이 세계에 무수히 많을 것이다. 그렇게 생각하기만 해도 우울한 기분이 맑아졌다. 나는 '소용없다'고 생각하기보다는 '다른 세계는 존재한다'고 믿고 싶었다.

조이는 그날도 평소처럼 카울리즈 카페의 카운터에 서서 뷔페의 잔심부름을 했다. 카울리즈 카페는 일주일에 두번 1파운드로 먹을 수 있는 저녁 뷔페를 제공한다. 애초에 카울리즈 카페라는 이름부터 20세기 초반의 풀뿌리 사회 활동가로 유명한 해리 카울리Harry Cowley라는 사람에게서 따온 것이다. 해리 카울리는 제1차 세계대전과 제2차 세계대전 후에 브라이턴의 빈집 여러 채를 점거해 집을 잃은 가족과 실직한 사람들의 피난처로 삼은 사람이다. 이 작은 카페가 자리한 건물도 그런 피난처 중 하나다.

조이가 카울리즈 카페와 연을 맺은 것은 이비를 낳고 얼마 지나지 않아 파트너였던 남자가 집에서 사라졌을 때부터였다. 아기를 안고 일할 수 없는 탓에 급격히 빈곤해진 데다 모유까지 나오지 않게 된 조이에게 정기 검진에서 만난 조산사가 카울리즈 카페를 알려주었다. 1파운드로 배 터지게 먹을 수 있는 뷔페를 제공하는 카페가 있으며, 거기서 분유도 나눠준다고 했다. 우리에게는 마지막으로 기댈 수 있는 곳이 있어요. 그 카페는 이 거리의 자랑이에요. 조산사는 그렇게 말했다.

조이는 그때부터 카울리즈 카페에 드나들었다. 이비는 거의 이 카페에서 길렀다고 해도 과언이 아니다. 이비가 초등학교에 입학해 조이가 슈퍼마켓에서 일하기 시작한 뒤로는 절약하면 두 사람이 먹고살 수 있었지만, 카페와 그곳에서 만난 사람들과 인연을 끊고 싶지 않아서 자원봉사자로 일을 돕고 있다.

조이는 카울리즈 카페에 출입하면서 이 세상에는 두 부류의 가난한 사람이 있다는 걸 알았다. 한 부류는 조이 자신이나 공영단지의 이웃들처럼 가능하면 가난하고 싶지 않지만, 가난에서 헤어나지 못하는 사람들이다. 또 다른 부류는 빈곤 가정 출신이 아니면서도 자신의 사상을 위해서 굳이 가난한 생활을 선택한 사람들이다.

후자에 속하는 사람들과 교류를 이어가는 것은 조이에게 이 사회의 지적인 부분과 접하는 경험이기도 했다. 빈곤층 지원과 이주민 지원의 허브 역할을 하는 카울리즈 카페는 사회운동에 관심 있는 사람들의 집합소이기도 하다. 그래서 대학 교수가 자원봉사로 정치사상사 강좌를 개설하거나 인문서 독서 모임을 갖기도 한다. 이 카페에는 조이가 생활하는 공영단지나 일하는 슈퍼마켓과 전혀 다른 세계가 있다. 오늘도 조이는 에식스대학교의 연구원과 슬로바키아에서 건너온 이주민이 줄지어 놓은 요리를 종이접시에 옮겨 담으면서 동유럽 정치에 관해 의견을 나누는 걸 푹 빠져 듣고 있었다.

그런데 카페의 목제 문이 열리더니 운동복을 입은 낯익은 소녀와 초등학교 체육복에 재킷을 걸친 작은 소년이 들어오는 게 보였다.

"마야! 찰리! 여기야!"

조이는 카운터에서 나가 두 아이에게 손을 흔들며 불렀다.

"잘 왔어. 두 사람뿐이야? 엄마는 안 왔어? 자, 요리는 이쪽, 카운터에 잔뜩 준비해놨어. 오늘은 스파게티 볼로네즈랑

리소토도 있어. 이탈리아의 날이거든."

아이들은 카운터로 다가가서 무서운 기세로 파스타와 빵과 치즈를 종이접시에 담기 시작했다. 찰리는 아예 선 채로 마늘 바게트를 베어 물었다.

"여기에 앉아."

조이는 안쪽 벽 앞에 빈 테이블을 찾아서 두 사람을 앉혔다. 아무 말 없이 음식을 마구 먹기 시작한 미아는 금방 다시 일어나서 종이접시에 음식을 더 담으러 갔다. 조이는 카운터 안으로 돌아가서 산더미처럼 파스타를 담는 미아에게 말을 걸었다.

"엄마가 먹을 것도 챙겨줄 테니까 갖고 가."

조이의 말에 미아는 죄송하다는 듯이 고개를 숙이며 말했다.

"감사해요."

"얼마나, 안 먹은 거야?"

조이의 질문에 미아가 고개를 들었다.

"찰리도 나도 점심은 학교에서 제대로 먹어요."

"아침이랑 저녁은?"

"식빵이나 시리얼이 있을 때는 잘 먹어요."

"…앞으로 화요일이랑 금요일에는 여기에 와서 먹어. 버스 비는 내가 줄 테니까."

요즘 들어 다시 미아 어머니의 상태가 나빠졌다는 사실은 조이도 소문을 들어서 알고 있었다. 하지만 이비가 부엌에서 식빵과 통조림 콩을 미아에게 가져다주려는 걸 보고, 그 정도 상황이라는 데 깜짝 놀랐다.

"사회복지사는 요즘 오지 않니?"

"1년 정도 못 본 거 같은데."

"뭐? 전에는 거의 매달 오지 않았어?"

"뭐라더라, 정부가 긴축이라는 걸 해서 돈을 아끼니까 사회복지사가 부족해졌대요. 그래서 그 사람들이 안 오는 거라고 들은 적이 있어요."

미아는 마치 남 일인 양 말하며 동생의 접시에도 음식을 담았다. 찰리는 하늘색 눈동자가 인상적인 눈을 커다랗게 뜨고 누나의 모습을 쫓았다. 이렇게 추운 날 왜 체육복 반바지를 입었는지, 다리가 새빨갰다.

이런 아이들을 그냥 두고 볼 수는 없었다. 조이는 내일 복지과에 전화를 하자고 마음먹었다. 네 살 때부터 보아왔기에 조이는 미아가 얼마나 강한 아이인지 알고 있다. 하지만 아무리 미아가 야무지다 해도 엄마 대신 어린 남동생을 기를 수는 없다. 미아 역시 아직 열세 살짜리 아이이니까.

밥을 먹는 두 아이에게 어른 몇 사람이 다가가 말을 걸었다. 그때마다 미아는 카운터를 가리켰고, 어른들은 조이를 보았다. 이렇게 어두운 밤에 아이들끼리 식사하러 온 것 자체가 아동 방치로 보여도 할 말이 없는 일이었다. 하지만 미아의 어머니는 그런 걸 신경 쓸 정신이 없었다.

그래도 미아가 초등학생일 때는 미아의 어머니가 일시적으로 회복해 이 카페에서 조이와 함께 자원봉사를 한 적도 있었다. 하지만 그 병은 사소한 계기로도 돌아와서 사람을 좀먹고 몸도 마음도 엉망으로 만들어 사람이 아닌 것으로 바꿔버린다.

그처럼 껍데기만 남은 인간을 조이는 여태껏 많이 봐왔다.

그런 어른들에게 휘둘리는 건 언제나 아이들이었다. 아무리 시간이 흐르고 세대가 바뀌어도 그 병만은 사라지지 않았다.

조이는 깊은 한숨을 내쉬고 다시 마음을 바로잡듯이 카운터 아래의 찬장에서 커다란 플라스틱 밀폐 용기를 꺼내 파스타와 리소토를 능숙하게 옮겨 담았다.

디저트인 티라미수를 모두 먹은 미아는 머리 위의 선반을 올려다보았다. 테이블 옆 벽의 위쪽에 기다란 선반이 달려 있었고, 빼곡하게 책이 꽂혀 있었다. 오른편에 있는 카운터 반대쪽의 벽에도 높다랗고 커다란 책장이 세 개 줄지어 있었고, 역시 책이 가득했다.

머리 위의 선반에는 조지 오웰의 『동물농장』도 있었다. 마침 요즘 학교에서 국어 시간에 배우는 책이었다. 미아는 수학과 과학은 싫어했지만 국어는 좋아했다. 초등학교에 입학했을 때, 이비와 함께 조이에게서 열심히 읽기 쓰기를 배운 덕에 다른 아이들보다 좀더 빨리 알파벳을 쓸 수 있었다. 그렇게 출발부터 좋았기 때문일까, 국어만은 계속 성적도 나쁘지 않았다.

미아는 그런 점에서 자신은 운이 좋았다고 생각한다. 공영단지에는 중학생이 되어서도 제대로 글자를 읽지 못하는 아이들이 있다. 그런 아이들은 대체로 수업 시간에 떠들거나 설쳐서 선생님의 눈총을 받고 자습실이나 반성실로 쫓겨나는데, 미아는 항상 교실 맨 뒤에 앉아서 책상 아래로 책을 펼치고 읽었다.

돈 있는 집의 좀 불량스러운 아이들은 책상 아래에 스마트폰을 숨겨놓고 인스타그램을 하거나 동영상을 보곤 했다. 미아는 그럴 수 없었다. 그 대신 학교 도서실에는 공짜로 읽을 수 있는 책이 잔뜩 있었다. 통신료 따위는 지불할 필요가 없었다.

문득 선반의 책과 책 사이에 장식된 작은 금색 액자가 눈에 띄었다. 액자 속에는 상아색 카드가 들어 있는데, 필기체로 다음과 같은 문구가 인쇄되어 있었다.

"지식에는 가격표를 붙일 수 없다."

멋진 말이네. 그렇게 생각하며 시선을 돌리는데 현관문 옆에 붙어 있는 붉은 포스터가 눈에 들어왔다.

어? 미아는 자기도 모르게 자리에서 일어났다. 도서관에서 만났던 봉두난발에 홈리스 같은 아저씨의 얼굴이 포스터에 있었기 때문이다. 하지만 다가가서 자세히 보니 색이 꽤 바랜 초상 사진으로 "카를 마르크스와 긴축의 시대"라고 쓰여 있었다. 그런 제목의 강연회 포스터 같았다.

혹시 내게 후미코의 책을 양보해준 아저씨도 다른 시대에서 온 사람일까. 미아는 신기해하며 테이블로 돌아갔다. 종이접시에 넘칠 듯이 담긴 티라미수를 먹어치우는 찰리를 보고 웃다가 가방에서 후미코의 책을 꺼내 다시 읽기 시작했다.

나도 좀더 크면 동네 아이들처럼 머리에 커다란 리본을 달고 적갈색 하카마● 차림으로 학교를 다닐 줄 알았다. 하지

● 일본의 전통의상으로 하반신에 착용하는 겉옷이다. 바지처럼 된 것도 있고, 치마 같은 것도 있다.

만 아무리 기다려도 나만 학교에 갈 수 없었다. 왜 나는 학교에 못 가? 어머니에게 물어보았다. 나도 공부하고 싶어, 우리 동네 애도 쟤도 학교에 다니는데, 왜 나만 다른 거야? 그렇게 조르자 어머니는 짜증 난다는 듯이 "할 수 없잖아."라고 답했다.

할 수 없다. 이 말은 어머니의 입버릇이었다. 그렇게 생각해두면 무슨 일이든 대수롭지 않게 되는 듯 내게도, 자기 자신에게도, 자주 그 말을 했다.

그렇지만 나는 나중에 다카노 이모에게서 사정을 듣고 내가 학교에 가지 못하는 이유는 '할 수 없기' 때문이 아니라는 걸 알았다. 내가 '무적자無籍者'였기 때문이었다.

내 어머니는 아버지의 아내로 호적에 들어가 있지 않았다. 아버지는 처음부터 어머니와 부부 관계가 될 생각 따위는 없었던 것이다. 그래서 언제든 버릴 수 있도록 호적에 넣지 않은 모양이었다.

어머니는 그에 관해 불평하지 않았다. 그런 일에 맞서지 못하는 여자였다.

그런 어머니도 내가 울면서 학교에 가고 싶다고 간청했을 때는 태도가 변했다. 딸이 불쌍했는지도 모르고, 공부하고 싶다고 떼쓰는 내게 자신이 가지 못했던 길을 열어주고 싶었던 건지도 모른다. 어머니는 나를 비적출자非嫡出子●로 아버

44

지의 호적에 신고하려 했다.

그렇지만 아버지는 그것에 반대했다. 비적출자로 신고하면 내 딸이 평생 낙인찍힌 채 살아야 한다는 것이었다. 비적출자의 아버지가 되는 것도 싫고, 별로 좋아하지 않는 여자가 낳은 아이를 정식으로 자신의 딸로 삼는 것도 싫다. 아버지는 항상 그랬다. 자신의 체면이 깎이는 것도 싫어했고, 책임을 지기도 싫어했다. 그가 '싫어'하는 수많은 것들 때문에 항상 여자들이 참고, 이리저리 애쓰고, 어떻게든 일이 되게 했다.

지금 돌이켜보면 그건 다카노 이모가 떠올린 방법 같다. 아버지는 자기가 학교를 찾아냈다는 듯이 말했지만, 아마 내가 학교에 가고 싶어하는 걸 알고 이모가 무적자인 아이들도 다닐 수 있는 학교를 찾아준 것 같다.

가난한 동네의 좁은 공동주택에 있는 자그마하고 어둑한 방이 그 학교였다. 옆으로 쓰러뜨린 빈 상자를 책상 대신 썼고, 선생님은 "스승님"이라 불리는 중년 여성이었다. 그곳에 다니는 건 모두 나처럼 호적에 없는 아이들 같았다. 떠들썩하게 노래 부르며 통학하는 평범한 학교의 아이들과 달리 다들 조용히 살며시 좁은 골목을 걸어 다녔다.

● 혼인 관계가 아닌 남녀 사이에서 태어난 자녀.

적갈색 하카마나 커다란 리본은 없었지만, 나는 등에 책보따리를 비스듬히 묶고 학교에 가는 게 자랑스러웠다.

그렇지만 명절을 맞이해 선생님이 선물로 설탕을 가지고 오라고 했을 때, 내 짧은 학교 경험은 끝났다. 설탕은 부모님이 스승님께 건네는 수업료였을 것이다. 그런데 우리 집에는 그런 수업료를 낼 만한 여유가 없었다. 공동주택의 지저분한 방이라 해도 즐겁게 다니던 학교를 느닷없이 그만두게 되었을 때, 나는 아직 글자도 만족스럽게 쓰지 못하는 상태였다.

여름이 끝날 무렵에는 아버지와 어머니가 매일같이 사납게 욕하며 싸웠다.

머지않아 나는 어머니를 편들며 아버지에게 대들었고, 이윽고 아버지는 어머니뿐 아니라 내게도 폭력을 휘두르기 시작했다.

집안 분위기가 갈수록 험악해지는 와중에 이모가 갑자기 시골로 내려가겠다고 선언했다. 이미 할머니와 숙부가 돌아오라고 여러 번 편지를 보냈는데, 이모가 마침내 고집을 꺾은 듯했다. 무슨 영문인지 아버지도 순순히 찬성했다.

이모의 짐을 들고 정거장까지 배웅한 아버지는 저녁에 홀로 돌아왔다. 그는 쓸쓸해 보였지만, 나와 어머니는 어느 때보다 기분이 밝았다. 자신의 생활에서 나와 어머니가 사라지길 바랐던 아버지가 최종적으로 우리를 선택한 것이었다. 그게 왠지 만족스러웠다.

그렇지만 내 생각은 터무니없는 착각이었다. 이튿날, 아버지가 홀연히 사라진 것이다.

아버지에게 완전히 버림받고 더 이상 끼니조차 해결할 수 없었기에 어머니는 제철소에서 일하던 중년 아저씨와 동거하기 시작했다. 그 아저씨는 나를 이불로 둘둘 말아 벽장에 처박는 식으로 벌주었다.

그러던 어느 날, 집을 나간 아버지가 겐을 맡겠다고 연락해왔다.

"제발요, 겐을 아버지한테 보내지 마요. 겐이 없어지면 나는 외톨이잖아요."

나는 울면서 어머니에게 매달렸다. 아저씨와 어머니의 생활에 외톨이 아이로 남겨지는 게 무서웠다. 남동생은 유일한 내 편이었다. 내게는 안심하고 사랑할 수 있는 가족이 필요했던 것이다.

"꼭 겐을 보내겠다면, 나도 같이 보내줘요."

나는 어머니에게 필사적으로 간청했지만, 이미 얘기가 되어 그럴 수는 없다고 했다.

나는 그 이유를 알고 있었다. 겐이 남자아이였기 때문이다. 남자아이는 '대'를 이을 수 있기에 아버지가 데려가는 것이다. 그리고 나는 여자아이니까 아버지에게 키울 가치 따위 없는 것이다.

어머니가 등에 겐을 업고 아버지와 이모에게 데려가던 날, 나는 집 앞 골목에 서서 점점 작아지는 어머니와 동생의 뒷모습을 배웅했다.

나는 항상 누군가가 어딘가로 떠나가는 모습을 봐왔다. 아버지에게 가는 동생과 붉은 리본을 흔들며 학교에 가는 소녀들의 뒷모습을 그저 바라보았다.

나는 골목에 쭈그리고 앉아 무릎을 안고 엉엉 울었다.

어째서 나는 항상 남겨지는 걸까.

공부하면 답을 알 수 있을까. 글자를 읽을 줄 알면, 내가 겪는 불평등의 이유를 어딘가에서 찾아낼 수 있을까.

배우고 싶었다. 공부만이 나를 구원해줄 것 같았다.

그렇지만 내 앞에는 높다란 벽이 우뚝 솟아 있었다. 이곳이 아닌 다른 세계는 내가 쭈그리고 앉아 있는 골목과 아득히 멀게 느껴졌다.

3

아이에게는   없어
선택권이

후미코와 남동생이 떨어지는 장면은 미아에게 남 얘기가 아니었다.

이런 식으로 복지과 사람들이 찰리를 데려가면…. 상상만 해도 책장을 넘기는 손가락이 차갑게 식었다.

맨 뒷줄에서 책에 빨려 들어가듯이 독서에 열중하는데 갑자기 무언가가 미아의 앞머리에 맞았다. 책상 위에 톡 종잇조각이 떨어졌다. 꾸깃꾸깃하게 구겨진 종이를 펼쳐보니 짧은 메시지가 쓰여 있었다.

"엄마가 복지과에 전화한다고 했어. 일단 알려줄게."

착실한 아이들이 앉는 교실 앞쪽 자리에서 이비가 이쪽

을 돌아보고 있었다. 미아가 종이를 펼쳐서 메시지를 확인하자 이비는 다시 앞을 보고 앉았다.

초등학교 저학년 때까지 미아와 이비는 교실에서 항상 가까운 자리에 앉았다. 이비의 엄마 조이가 미아네 가족을 돕고 있다는 사실을 안 담임 교사가 그렇게 신경 써준 것이다. 두 사람은 항상 학교에 같이 다녔다. 학교를 마치면 이비의 집에서 숙제를 했고, 조이에게 책을 읽어달라고 했다. 저녁까지 함께 먹을 때도 많았다.

미아는 이럴 거면 아예 조이의 아이가 되고 싶다고 생각했다.

맨날 남자들을 데려와 술을 마시거나 끝없이 잠만 자거나 빈둥빈둥 텔레비전을 보는 엄마와 달리 조이는 언제나 아이들을 생각했다. 초등학교 행사도 전부 기억해서 '세계 책의 날' 같은 국제 기념일이나 가장무도회 같은 행사가 있을 때는 늘 미아의 준비물도 챙겨주었다. 급식으로 영양이 치우치지 않도록 채소가 듬뿍 들어간 도시락을 싸주기도 했다. 조이는 친어머니보다 훨씬 부모다운 존재였다.

엄마도 남동생 찰리가 태어나고 한동안은 달라진 모습을 보였다.

그 무렵 함께 살았던 남자가 약을 끊고 성실히 일하기 시작했기 때문이다. 남자의 영향을 받은 엄마도 사회복지사의 소개를 받아 의존증 여성을 지원해주는 자선단체와 연결되었다. 그리고 재활 끝에 약에서 벗어나 깨끗해졌다.

모든 일이 잘 풀릴 것 같았다. 하지만 그것도 정말 한순간이었다. 찰리의 아버지였던 그 남자가 외도를 해서 엄마와 대판 싸우고 집을 나갔다. 엄마는 또다시 무너지기 시작했다. 늘 그랬다. 남자에 따라 기운을 찾기도 했고, 무너지기도 했다. 조이처럼 혼자서 강하게 살아갈 줄 몰랐다.

"나랑 찰리도 여기에서 함께 살아도 돼요? 우리를 조이의 아이로 길러주세요."

초등학교 5학년 때, 미아는 조이네 집 부엌에서 진지하게 부탁했다. 싱크대에서 설거지를 하던 조이는 깜짝 놀라 미아를 돌아보고는 주방수건으로 손을 닦으며 답했다.

"…그렇게 쉬운 일이 아니야. 너희가 누구랑 사는 게 좋을지 결정하는 사람은 사회복지사니까. 나한테는 힘이 없단다."

언제나 따뜻하던 조이가 단호하게 말해서 미아는 충격을 받았다.

믿고 기대했던 자신이 멍청했다고 생각했다.

그 뒤로 미아는 학교에서 난폭해졌다. 양말에 구멍이 났다느니 분홍색 가방이 더러워져서 베이지색이 되었다느니 하며 비웃는 같은 반 여자아이의 얼굴을 손톱으로 할퀴었고, 교실에서 의자를 집어던지며 난동을 부렸다. 조이와 이비의 집에도 가지 않았고, 숙제도 공부도 하지 않았다. 아무리 인내해도, 착한 아이로 지내도, 좋은 일 따위 하나도 없다는 걸 알았기 때문이다.

이비는 갑자기 '나쁜 아이'가 된 미아와 거리를 두었다. 둘은 더 이상 모든 일을 함께하는 친구 사이가 아니었다. 이비는 다른 여자아이들과 학교에 다니고 점심을 먹었다. 이비는 항상 우등생이었다. 눈에 띄는 우수한 여자아이들과 함께 지내며, 우수한 성적을 거두고, 아마 우수한 어른이 될 것이다. 미아와 상관없는 세계로 갈 것이다.

정기적으로 집에 찾아오던 사회복지사는 이대로 가면 복지과에서 미아와 찰리를 보호하게 될 수도 있다고 말했다. 그 말은 엄마에게 바로 효과를 보였다. 부모다운 일은 전혀 안 하는 주제에 아이와 떨어지기는 싫은지 서둘러 집 안을 청소했고, 기성품이기는 하지만 먹을거리를 사서 아이들에게 식사를 차려주었다. 술도 끊었다. 하지만 계속되지는 않았다.

엄마가 다시 전처럼 돌아갔지만, 사회복지사는 집에 오지 않았다. 미아의 집만이 아니었다. 공영단지 전체에 사회복지사가 오지 않았다. 복지과의 예산이 삭감되어 사회복지사가 줄어들었기 때문이라고 어른들이 말했다.

"너희는 운이 좋은 거야. 옛날 같았으면 벌써 복지과가 데려가서 누나랑 동생이랑 억지로 떼어놓은 다음에 위탁 가정이나 시설에 맡겼을 테니까."

같은 층에 사는 아줌마는 그렇게 말했다. 그 아줌마는 어렸을 적에 시설에서 자라며 무척 고생한 모양이었다.

"네 동생은 아직 어리니까 위탁 가정에 맡기거나 입양될 텐데, 너 정도로 크면 거의 틀림없이 시설로 가야 돼."

단지의 층계참에서 씁쓸한 표정으로 담배를 피우던 아줌마가 그렇게 말한 뒤로 미아는 더 이상 학교에서 난동을 부리지 않았다. 전처럼 열심히 공부하지는 않았지만, 아무튼 눈에 띄지 않도록 얌전히 지내기로 했다. 찰리와 떨어진 다니, 상상도 할 수 없었기 때문이다.

미아가 '나쁜 아이'를 그만두었다고 이비와 사이가 예전으로 돌아가지는 않았다. 미아가 조이와 이비의 집에 드나드는 일도 없었다.

조이가 미웠기 때문은 아니다. 누구에게도 기댈 수 없다는 사실을 잊지 않기 위해 그렇게 했다. 누군가에게 의지하면 나중에 실망하게 된다. 실망하지 않으려면 처음부터 사람에게 기대하지 않는 게 낫다.

그래서 오늘도 수업이 끝나고 다른 교실로 이동할 때 이비가 미아 쪽을 전혀 보지 않고 친구들과 즐겁게 수다를 떨며 교실에서 나가도 미아는 평소 같은 일이라 신경 쓰지 않았다. 괜히 기대 같은 건 하지 않는다. 미아는 이비의 '공식적인 친구'가 아니기 때문이다.

이비와 함께 다니는 아이들은 화려하다. 모두 아름다운 다갈색 피부에 아리아나 그란데처럼 긴 머리카락을 포니테일 스타일로 뒷머리의 높은 자리에 묶은 아이들. 부모 중한 명은 백인에 다른 한 명은 흑인이나 중동인이나 동양인인 글로벌한 아이들. 자기주장을 시원시원하게 하고, 공부를 잘하며, 대수롭지 않게 2중 언어나 3중 언어를 구사하고, 겉모습도 멋져서 눈에 띄는 여자아이들. 졸업 전에 치르는 전국시험 준비를 위해 성적별로 학급을 나누는 학년이 되면 미아는 더 이상 저 여자아이들과 같은 교실에서 공부하지 않을 것이다.

미아는 맨 뒷줄 의자에서 일어나 교실에서 나가려 했다. 그런데 갑자기 무언가가 등에 맞았다. 돌아보니 바닥에 잔뜩 구겨진 종잇조각이 떨어져 있었다.

요즘 이런 게 유행인가.

종잇조각이 날아온 곳을 보니 창가에 앉은 남학생 3인조가 미아를 향해 엷은 웃음을 짓고 있었다. 가운데 앉아 있는, 금발을 소프트 모히칸 스타일로 꾸민 소년은 월이다. 그의 남동생이 바로 툭하면 학교에서 찰리를 괴롭히는 루이다.

미아는 그들을 무시하고 홱 발길을 돌려서 복도로 나가려 했다.

"기다려. 그것도 펼쳐서 읽어달라고."

윌의 옆에 앉아 있는 멋지게 부푼 아프로 헤어스타일●의 소년이 말했다. 라그노르다. 가나 출신으로 키가 큰 라그노르는 춤을 잘 춰서 스트리트댄스 대회에 자주 나간다. 학교에서는 꽤 유명인이었다.

미아는 라그노르를 무섭게 쏘아보고 그냥 교실에서 나가려 했다. 그런데 윌이 잽싸게 일어서더니 미아에게 다가왔다. 윌은 바닥에 떨어진 종잇조각을 줍고는 미아에게 내밀었다.

"이비가 수업 시간에 너한테 이렇게 메시지를 던지는 걸 봤거든."

그 말을 듣고 검은 머리의 김이 키득키득 웃었고, 라그노르도 의미심장한 눈짓을 했다. 부모가 한국인과 영국인인 김은 랩 실력이 뛰어나서 음악부가 콘서트를 열 때마다 팬이 늘어났다. 이비와 친구들이 눈에 띄는 여자아이들의 집단이듯이 저들도 화려한 남자아이 그룹이다. 미아와 아무런

●곱슬머리를 크고 둥글게 부풀려서 만든 머리 모양. 주로 아프리카계 미국인의 헤어스타일로 1960년대에 히피 문화와 함께 유행했다.

접점이 없는 학생들인 것이다.

김과 라그노르가 실실거리며 먼저 나가기에 미아는 몸에서 조금 힘을 뺐다. 집단으로 괴롭히는 줄 알고 무슨 짓을 하면 곧장 덤벼들 셈으로 몸에 잔뜩 힘을 주고 있었기 때문이다.

"이거."

미아가 받으려 하지 않기에 윌은 꾸깃꾸깃하게 뭉친 종잇조각을 스스로 펼쳐서 미아에게 건넸다. "내 동생이 심한 짓을 했다던데. 나중에 네게 초등학교 교복 넥타이를 주고 싶어."라고 쓰여 있었다. 미아는 놀라서 윌의 얼굴을 보았다.

"실은 같은 수업 들을 때 주려고 했는데, 아침에 사물함에 넣어두고 가지러 갈 틈이 없었어. 방과 후에 줘도 될까?"

윌은 눈길을 피하며 이야기했다.

"아, 응. 괜찮아."

그날 이후로 찰리는 넥타이 없이 학교에 다니고 있다. 다행이라고 생각했다. 학교가 지정한 교복을 파는 가게는 시내 변두리에 있는데, 넥타이값과 버스비를 생각하면 당장 사러 가기는 어려웠다.

"그럼 음악부실로 와줄래? 녹음 장비가 있는 방."

윌은 그렇게 말하더니 친구들을 쫓아 교실에서 나갔다.

남동생은 어처구니없는 꼬맹이인데 형은 꽤 좋은 녀석인

건가. 미아는 그렇게 생각하며 다음 수업 교실로 갔다. 오늘은 꽤 자유방임적인, 정확히 말하면 공부하지 않는 학생 따위 전혀 신경 쓰지 않는 교사들의 수업만 있는 날이라 마음 편히 책을 읽을 수 있다.

동생이 아버지의 집으로 가자 어머니는 혼자 남은 나를 걱정했다. 그리고 열심히 부탁한 끝에 무적자인 나를 소학교에 입학시켰다.

그토록 가고 싶었던 평범한 학교를 다니게 되었지만, 실은 그 학교에서야말로 내가 처음부터 끝까지 '다른 사람'이라는 걸 사무치게 깨달았다.

일단, 출석을 확인할 때 교사가 내 이름을 부르지 않았다. 다른 아이들은 모두 이름을 불러서 "네."라고 대답하는데, 내 이름만 출석부에 없었다. 나는 일부러 학교에 지각하거나 교사가 출석을 확인하는 동안 책상의 뚜껑을 열고 속에 얼굴을 처박는 짓을 했다.●

● 오래전 일본의 학교에서 쓰인 책상은 상판이 뚜껑처럼 위로 열려서 그 아래를 수납공간으로 사용할 수 있었다.

내가 존재하지 않는 자로 취급을 당하면서 존재한다는 사실이 수치스러웠다. 그곳에서도 나는 있어서는 안 되는 아이였다.

곧바로 더욱 나쁜 일이 일어났다. 학교에 다니기 시작한 다음 달의 일이다. 갑자기 교무실로 불려갔는데, 교사가 내가 제출한 수업료 봉투가 텅 비었다고 했다.

"돈이 사라지는 건 이상하잖아. 오는 길에 쓴 거냐?"

"아뇨."

"그럼 떨어뜨렸어?"

"가방 속에 넣고 왔으니까 그럴 리는…."

담임과 교장은 내가 돈을 써서 군것질을 한 게 틀림없다고 믿고 있었다. 그래서 내 가방까지 뒤졌는데, 아무것도 나오지 않자 괜히 더 화를 냈다. 그렇지만 내가 하지 않은 짓을 했다고 말할 수는 없었다.

결국 교장은 어머니까지 학교로 불렀다. 어머니는 처음에 이유를 몰라서 오들오들 떨었지만, 사정을 듣자 이렇게 말했다.

"저희 애가 그러지는 않았을 겁니다. 이 아이는 그런 짓을 하지 않습니다."

어머니가 드물게도 단호하게 말해서 나는 깜짝 놀랐다.

"수업료는 어젯밤에 제가 분명히 아이의 가방에 넣었습

니다. 그런데 그걸 남편이 보고 있었습니다. 아마 그 사람이 일을 나가면서 돈을 빼 간 것 같습니다. 전에도 그런 일이 있었거든요."

그건 아저씨가 나를 괴롭히는 방법 중 하나였다. 학교에서 필요한 문구나 준비물을 말없이 가방에서 빼버리는 것이다. 어머니는 그런 일이 있음을 담담히 교장에게 이야기했다.

방금 전까지 불신감으로 얼굴이 새빨갰던 교장은 잠자코 어머니의 이야기에 귀 기울였다. 그리고 이렇게 말했다.

"가엾게도. 이렇게 똑똑한 아이가 그런 환경에서 살고 있다니… 이러면 어떨까요? 최대한 잘 돌보고 키울 테니 저에게 양녀로 보내주시지 않겠습니까?"

"감사합니다."

어머니가 대번에 그렇게 답해서 나는 깜짝 놀라 어머니의 얼굴을 올려다보았다.

"하지만 이 아이는 제 하나뿐인 자식입니다. 제가 사는 즐거움도 이 아이뿐이고요. 아무리 고생해도 제 손으로 키우고 싶습니다."

어머니는 교장의 제안을 딱 잘라 거절했다.

그 일을 계기로 어머니는 아저씨와 갈라섰다. 나는 가난해도 계속 둘이서 살았으면 좋겠다고 진심으로 바랐다. 하지만 역시 그러기는 무리였다.

어머니는 남자 없이 생활하지 못하는 사람이었다. 이번에는 자기보다 일고여덟 살 어린 고바야시라는 남자와 동거하기 시작했다. 머리카락을 길게 기른 그는 아직 스물예닐곱 살로 비단 손수건을 목에 감고 엽궐련을 피우며 빈둥거렸다. 그 남자는 항상 집에 있었고, 대낮부터 누워서 지냈다. 머지않아 어머니도 일을 나가지 않았다. 어머니는 그 남자와 대낮부터 함께 잤고, 내가 옆에 있어도 상관하지 않고 이불 속에서 둘이 장난쳤다.

어느 날 늦은 밤, 어머니는 머리맡에서 지갑을 꺼내 내게 던지며 군고구마를 사 오라고 했다. 내가 "이 시간에 문 연 가게 없어."라고 했지만 어머니는 내 말을 듣지 않고 멀리 떨어진 뒷골목의 가게라면 아직 열려 있다고 했다. 하지만 밖은 깜깜했고 뒷골목으로 가려면 신사의 숲 옆을 지나쳐야 했는데 새카만 숲에서는 왠지 섬뜩한 분위기가 풍겼다. 내가 무서워서 머뭇거리자 어머니는 이불에서 일어나 나를 바깥으로 쫓아내고 문을 탁 닫았다.

어두운 숲 옆을 달리고 달려서 군고구마를 갖고 집에 돌아왔을 때, 어머니는 고바야시와 동물처럼 몸을 포개느라 여념이 없었다.

나는 뒤로 돌아 다시 어두운 문밖으로 나갔다.

교장이 나를 양녀로 삼고 싶다고 했을 때, 어머니는 나만이 삶의 낙이라고 하지 않았던가. 이 아이는 자기 손으로 키우겠다고 단호하게 말하지 않았던가.

그런데도 남자만 끼어들면, 어머니에게 아이를 기르는 일 따위는 아무 상관도 없어진다.

쌩쌩 부는 바람에 어깨를 떨면서 나는 별이 전혀 보이지 않는 하늘을 올려다보았다. 내 몸이 전부 어두운 밤으로 빨려들 듯했다. 나는 내 어머니를 선택하지 않았다. 어머니가 데려오는 남자들 역시 나는 선택하지 않았다. 아이에게는 선택권이 없다.

더 이상 슬프지는 않았다. 그저 나는 분했다. 내가 아이라는 사실이, 나는 그 무엇도 선택할 수 없다는 사실이, 너무나 분했다.

이 마음, 나도 안다.

그렇게 생각하며 열심히 후미코의 이야기를 따라가는데, 갑자기 덜컥덜컥하며 주위 학생들이 일어나는 소리가 들렸다. 마지막 수업이 끝난 것이다. 미아는 책상 아래로 몰래 폈던 책을 가방에 넣은 다음 자리에서 일어났다.

미아는 서둘러 맨 위층에 있는 음악부실로 갔다. 계단을 한참 올라서 마침내 꼭대기 층에 도착하니, 양옆에 녹음 기기가 줄지어 있는 음악부실에 윌이 앉아 있었다. 이른 시간이라 그런지 윌 말고는 아무도 없었다. 윌은 창가에 놓인 책상 중 하나에 앉아 커다란 컴퓨터 모니터를 보면서 헤드폰을 끼고 무언가 열심히 듣고 있었다.

방에 들어온 미아를 눈치챈 윌은 허둥지둥 헤드폰을 벗었다. 그리고 의자 옆에 둔 가방에서 노란색과 연지색 줄무늬가 들어간 넥타이를 꺼내 미아에게 건네주었다.

"동생이 심한 짓을 해서 미안해."

"혹시 네가 사서 가져온 거야?"

미아는 넥타이를 받으며 물어보았다.

"아냐, 이건 루이의 예비용 넥타이야. 걔는 넥타이를 자주 잃어버려서 어머니가 항상 세 개를 준비해두고 있어."

"…루이가 스스로 괴롭혔다고 말했어?"

"담임 선생님이 전화해서 알려줬어. 찰리, 다쳤다면서? 어머니가 엄청 혼냈어."

"그래."

미아는 그렇게 말하고는 넥타이를 자기 가방에 넣었다.

"동생한테 좀 난폭한 구석이 있는데, 용서해줘."

미소 지으며 말하는 윌에게 미아는 눈을 확 부릅떴다.

"네 동생, 거의 사이코야. 이번만 그런 게 아냐. 항상 내 동생을 괴롭히고 있어. 일부러 셔츠 위에 주스를 흘리고, 바지를 숨기고."

"미안해…."

"네가 사과해봤자 소용없어."

미아는 그 말을 남기고 방에서 나가려 했다. 하지만 윌은 대화를 이어가고 싶은 듯했다.

"요즘 들어 루이를 대하기가 어려워져서 부모님도 엄청 애먹고 있어. 특히 어머니가."

"좀 제대로 혼냈으면 좋겠어. 진짜 나쁜 짓을 하고 있으니까."

"하지만 어머니가 너무 혼냈다고 할까, 루이에게만 지나치게 엄격해서 그렇게 된 건가 싶기도 해."

미아는 잠자코 윌의 얼굴을 보았다.

"루이는 내 의붓형제야. 그러니까 우리는 핏줄로 이어지지 않았어. 어머니는 친자식이 아닌 내게는 무척 상냥한데, 루이에게는 엄청, 좀 지나칠 만큼 엄격할 때가 있어."

"그렇다고 다른 사람을 괴롭혀도 되는 건 아니잖아. 어느 집이든 다 사정이 있는 거야."

나 참, 중산층이 집안 고민 같은 거 말해봤자 나한테는 민폐라고. 이쪽은 오늘 내일 먹을 빵 걱정이 태산인데. 미아

63

가 그렇게 짜증 섞인 눈길로 바라보자 윌은 미안해하며 말했다.

"당연히, 네 말이 맞아… 미안해, 괜히 더 화났어?"

미아는 아무 답도 하지 않았다.

나쁜 마음은 없다. 티끌만큼도 나쁜 마음은 없는 것이다. 하지만 저 사람들은 이쪽의 사정을 모른다. 그래서 이쪽에서도 싫다든지 밉다든지 하는 강한 감정을 품지는 않는다. 그저 살아가는 세계가 다른 것이다. 그뿐이다.

"그런데 「로미오 랩」 엄청 쿨했어. 진짜 굉장하더라."

미아의 침묵이 견디기 힘들었는지 윌은 갑자기 화제를 전환했다.

「로미오 랩」이란 국어 수업에서 셰익스피어의 『로미오와 줄리엣』을 배웠을 때 미아가 쓴 글을 가리키는 것이다. '자기가 로미오가 되었다고 생각하며 줄리엣에게 보내는 러브레터를 운율에 맞추어 랩 형식으로 써보자.'라는 숙제가 나왔는데, 선생님은 몇몇 학생의 작품이 우수작이라며 출력해서 배포했다. 그중에 미아의 작품도 있었던 것이다.

"평소에도 랩을 만들어?"

"안 만들어."

"가사 같은 것도 안 써?"

"안 써."

"앗, 그래도 되게 많이 써본 느낌이고 진짜 멋졌는데."

"랩 같은 건 다 그런 느낌이잖아."

미아는 그렇게 말하며 윌이 앉아 있던 책상 위의 기계들에 눈길을 주었다. 커다란 컴퓨터 모니터 앞에 신시사이저가 있었고, 그 옆에는 작고 둥근 음량조절기처럼 생긴 것이 잔뜩 붙어 있는 직사각형 모양의 처음 보는 기계가 있었다. 이것들이 녹음 기기라는 건가. 음악부에 들어가면 여기 있는 기계들을 자유롭게 써서 방과 후에 작곡과 녹음을 할 수 있다고 들은 적이 있다. 미아의 중학교는 문화 계열 클럽 활동에 공들이고 있다. 이비와 주위 친구들, 즉 아리아나 그란데 군단은 스트리트댄스부의 스타들이고, 윌과 그의 친구들은 음악부실에 틀어박혀서 작곡과 연주를 연습하고 있다.

미아도 그런 걸 해보고 싶었다. 하지만 미아는 클럽 활동 따위 할 수 없었다. 매일 학교를 마치면 곧장 찰리를 데리러 초등학교에 가야 했기 때문이다.

"나랑 함께 랩 만들지 않을래?"

"…뭐?"

미아는 놀라며 윌을 바라봤다.

"아니, 정확하게는 랩의 가사를 써줄 수 없을까? 나는 트랙•은 만들 줄 아는데 작사가 서툴러서…."

"안 돼."

미아는 양손을 허리에 대고 고개를 저었다.

"음악부에는 들어갈 수 없거든. 학교 끝나면 이것저것 바빠. 그럴 시간 없어."

창문 위에 달린 커다란 시계의 바늘이 벌써 3시 10분을 가리키고 있었다.

"이제 가야겠다. 이러다 늦겠어."

총총거리며 음악부실에서 나가는 미아의 등에 대고 윌이 밝게 인사했다.

"미아, 그럼 내일 봐."

총알처럼 교문을 뛰쳐나간 미아는 학교 앞의 언덕을 달려 내려가 찰리의 학교로 서둘러 갔다. 찰리와 같은 학년의 아이들이 교사를 따라 교문으로 나오는 시간은 항상 3시 15분이다. 오늘은 조금 늦게 도착할지도 몰랐다.

그런데 초등학교에 도착해보니 교문 앞에 찰리의 동급생과 보호자들은 없었고, 다른 학년 아이들이 줄줄이 교문에서 나오고 있었다. 오늘은 늦게 나오나 싶어 한동안 기다렸는데, 낯익은 보호자가 한 사람도 없었다. 혹시나 싶어 미아는 교문 안으로 들어가 교정을 가로질러 학교 건물 1층 현

● 힙합에서 랩을 얹히는 반주를 가리키는 용어다. '비트'라고 하기도 한다.

관에 있는 접수처로 가보았다. 역시 접수처 옆의 벤치에 찰리가 오도카니 앉아 있었다. 보호자가 마중을 오지 않은 아이들이 앉아서 기다리는 자리였다. 겨우 5분밖에 늦지 않았는데, 벤치에 앉히다니 너무해. 미아는 고개 숙이고 있는 찰리에게 달려갔다.

"미안해, 찰리."

미아가 온 것을 눈치챈 찰리는 고개를 들고는 기뻐하며 일어났다.

"다른 애들은 모두 집에 갔어?"

"응, 아까까지 같이 앉아 있던 여자애가 있었는데, 엄마가 와서 데려갔어."

"오늘은 평소보다 좀 일찍 끝난 거 아냐?"

"그런가? 아마 오늘은 담임 선생님이 쉬고 다른 선생님이 대신해서 빨리 끝난 것 같아."

보호자도 이래저래 일정이 있게 마련인데, 이런 식으로 맘대로 시간을 변경하면 곤란하다. 접수처에 항의하고 싶었지만, 중학교 교복을 입은 미아가 그런 말을 해봤자 제대로 들어줄 리 없었다.

"감사합니다."

미아는 접수처의 창문으로 사무실 안을 들여다보며 직원들에게 인사했다. 건물을 나와 교문 쪽으로 걸어가기 시작하자 찰리가 말했다.

"마중을 안 오니까 사무실 사람이 엄마 휴대폰으로도 전화했어."

"받았어?"

"안 받았어. '전화해주세요.'라고 음성 메시지를 남겼는데도⋯."

"어차피 또 자고 있을 거야."

3년 전까지, 즉 미아가 초등학교 최고학년이 되어 혼자 등하교를 해도 괜찮을 때까지,● 엄마는 어쨌든 학교에 데려다주고 마중도 나왔다. 하지만 미아가 동생을 데리고 등하교를 해도 교사들이 뭐라고 하지 않는 나이가 되자마자 엄마는 학교에 오지 않았다.

미아가 하굣길에 친구 집에 놀러 가지 못하는 것이나 클럽 활동을 못 하는 것 따위는 엄마에게 아무래도 상관없다. 그는 그런 걸 전혀 생각하지 않는다. 항상 자기 자신과 새로운 남자에 관한 생각으로 머릿속이 가득하니까.

그렇지만 엄마도 최근 1년 정도는 남자와 만나는 게 성가신지 집에서 그저 누워 있었다. 어쩌다 일어나면 약을 좀

● 영국에서는 학교마다 조금씩 다르지만 초등학생의 등하교에 보호자가 동반할 것을 의무화하고 있다.

들이마시거나 술을 마시고 한동안 멍하니 있다가 다시 침대로 돌아갔다. 기본적으로 그걸 반복했다.

남자들과 어울리지 않으면 샤워도 하지 않고 하루 종일 드러누워 있을 뿐이었다. 한번은 심하게 옴이 올라서 진료소에 끌고 간 적도 있다. 의사가 가족 세 명이 모두 온몸에 바르라고 연고를 세 개 처방해주었는데, 미아는 먼저 찰리의 온몸에 연고를 바르고 그다음 엄마의 몸에도 발라줬다. 이제 막 30대가 되었을 뿐인데 인지저하증 환자처럼 멍한 표정으로 벌거벗고 서 있는 그의 몸에 연고를 마구 바르면서 미아는 생각했다.

이런 엄마, 나는 선택하지 않았어.

만약 아이가 부모를 선택할 수 있다면, 나는 이런 사람 선택하지 않아.

입술을 깨물고 엄마의 등에 연고를 펼쳐 바르는데, 그가 앞니 빠진 자리로 공기가 새는 부정확한 발음으로 "고마버, 정마, 고마버."라고 말했다. 더 한심해 보였다.

미아가 엄마와 계속 사는 이유는 찰리와 함께 있기 위해서다. 만약 찰리가 없었다면 미아도 이따금씩 단지에서 사라지는 10대들처럼 진즉에 가출했을지 모른다.

"루이의 형이 넥타이를 돌려줬거든. 그걸 받느라 좀 늦었어."

미아는 초등학교 교문을 나가면서 찰리에게 말했다.

"어? 수풀 속에서 꺼내준 거야?"

"루이네 엄마는 항상 넥타이를 세 개 준비해둔대. 그중 하나를 준 거야."

"왜 세 개나 준비하는 거야?"

찰리는 눈을 크게 뜨고 미아를 올려다보았다.

"잃어버릴 때를 위해서겠지. 자주 잃어버린다니까."

"대단하다. 루이네 집 역시 부자구나."

악의 없는 목소리로 말하는 찰리에게 미아가 대꾸했다.

"낭비야, 세 개씩이나. 잃어버리면 사도 되는데."

미아는 찰리가 메고 있는 가방의 주머니를 열고 장갑을 꺼내어 찰리에게 건넸다. 찰리는 작은 손가락을 털장갑 속에 넣으면서 멀리 하늘을 올려다보았다. 젖은 솜처럼 하얗고 무거운 구름에서 가는 빗방울이 떨어지기 시작했다.

4

초라한　　　체리
나무의

"미아, 안녕."

미아가 복도를 지나쳐 가려는데 어디선가 크게 인사하는 소리가 들렸다.

대여 사물함이 줄지어 있는 복도는 여느 때처럼 사물함에 짐을 넣는 학생들로 북적였다. 미아는 학기마다 사용료를 지불해야 하는 사물함 따위 빌린 적이 없기에 아침 잡담을 나누는 학생들로 미어터지는 그 복도를 휙휙 걸어 통과하기만 했다.

"어제 얘기한 거 생각해봤어?"

어느새 윌이 미아의 뒤를 쫓아와 있었다.

"어?"

"랩 가사 말이야."

월은 미아를 따라잡아 옆에서 나란히 걸었다.

"아…."

끈질긴 녀석이라고 생각한 미아는 강한 어조로 말했다.

"안 된다고 했잖아. 그럴 시간 없다니까."

"새로 가사를 쓸 시간이 없으면, 숙제로 쓴 로미오의 랩을 나한테 주지 않을래?"

"…."

"거기에 트랙을 붙이는 걸 허락해줄래?"

"그건 좀 싫은데."

"왜?"

"왜냐면 그럴 생각으로 쓴 게 아니니까."

그렇게 답한 미아는 교실 입구에 서 있는 레일라를 발견하고 웃어 보였다. 그리고 월을 무시한 채 레일라와 함께 교실에 들어갔다.

"월이랑 무슨 얘기를 했어?"

언제나 앉는 맨 뒷자리에 앉자마자 레일라가 미아에게 물어봤다.

"별 얘기 아냐. 월의 동생이 찰리를 괴롭혀서 그걸 사과했을 뿐이야."

미아는 레일라에게 거짓말을 했다. 사실을 말하면 레일라가 시끄러워질 것 같았기 때문이다.

"흐음."

레일라는 그렇게 말하고는 살짝 곱슬거리는 암갈색 머리카락을 쓸어 올리며 창가에 자리 잡은 윌과 그 친구들을 가만히 바라보았다. 레일라는 화려한 학생들을 좋아했다. 윌과 친구들을 비롯해 앞쪽에 앉아 있는 아리아나 그란데 군단의 소문을 항상 이야기했다.

한번은 이비의 아버지가 인기 있는 나이트클럽의 경영자라고 잘못된 정보를 가져와서는 "어쩐지 어른스럽더라. 춤을 잘 추는 건 클럽에서 배운 게 틀림없어."라고 혼자 납득한 적도 있다. 미아는 이비에게 아버지가 없다는 걸 알지만, 굳이 바로잡지는 않았다.

레일라는 학교에서 가장 오랜 시간을 미아와 함께 지낸다. 미아와 이비처럼 어머니만 있는 한 부모 가정 아이인 레일라는 중산층이 거주하는 주택가의 아파트에서 살고 있다. 어머니는 어딘가 회사에서 일하고 있고, 그 어머니와 몇 년 전에 이혼한 아버지는 꽤 부유한 듯했다.

한 달에 두 번 주말을 함께 보내는 아버지는 레일라에게 최신 스마트폰과 옷 등 여러 가지를 사준다고 했다. 바로 얼마 전에도 레일라는 아버지가 신형 아이폰을 사줬다며 선불 방식으로 사용하던 오래된 스마트폰을 미아에게 주었다. 하지만 미아에게는 충전할 돈이 없었기 때문에 사용량을 모두 소진한 뒤로는 쓰지 않았다.

"김은 한 학년 아래 중국인 여자애랑 사귀기 시작했대. 그 여자애는 처음에 라그노르를 좋아해서 인스타 메시지로 떠본 것 같은데, 전혀 반응이 없으니까 김으로 갈아탔나 봐. 그 여자애 집은 시내 중심에 있는 커다란 차이니스 레스토랑을 경영하는데…."

레일라가 또 어디서 주워들었는지 소문을 이야기하기 시작했다. 미아는 그런 이야기에 별로 관심이 없어서 아무런 반응도 하지 않는데, 그래도 레일라는 개의치 않고 계속 이야기했다.

레일라 같은 사람은 입을 열어 함께 대화를 나누는 사람보다 설령 자신의 이야기를 잘 듣지 않아도 입 다물고 있는 사람과 이야기하는 걸 좋아하는지도 모르겠다.

미아는 레일라에게 자신에 관한 이야기를 하지 않는다. 그래서 항상 교실 맨 뒷줄에 나란히 앉는 사이인데도 레일라는 미아의 집에서 무슨 일이 일어나는지 모른다. 미아는 어쩐지 레일라에게 그런 이야기를 하면 안 될 것 같았다. 눈에 띄는 학생들의 소문이나 유행하는 옷이나 스마트폰 앱만 이야기하는 레일라에게 미아의 집안 사정은 너무 무거운 주제이기 때문이다. 행복해 보이는 레일라의 일상에 자신의 답답한 현실이 끼어들어서는 안 될 것 같은, 그런 느낌이 들었다.

교사가 교실 앞문으로 들어와 출석을 확인하기 시작하자 레일라는 수다를 그만두고 자기 이름이 불리기를 기다렸다. 그리고 자신을 부르는 교사에게 대답하자마자 책상 아래에 스마트폰을 꺼내고 무언가를 확인했다.

미아도 자기 차례에 답하고는 곧장 책상 아래에 읽다 만 책을 펼쳤다. 미아에게는 옆에 앉은 레일라를 비롯해 이 교실에 있는 누구보다도 이 책에 등장하는 소녀가 가깝게 느껴졌다.

고바야시가 전혀 일을 하지 않고, 어머니도 그와 함께 누워 있기만 하는 탓에 우리 집은 마침내 살림살이에 손대기 시작했다. 가재도구를 팔아서 그 돈으로 먹을거리를 산 것이다.

그렇게 우리는 드디어 가난뱅이가 되었고, 끈질기게 집세를 재촉하는 집주인을 피해 끝내 야반도주를 하고 말았다. 우리가 간 곳은 조악한 싸구려 여인숙이었다.

"고생시켜서 미안하구나. 이럴 줄 알았으면 너랑 둘이서 사는 게 훨씬 좋았을 거야. 그러면 이렇게 바닥까지 떨어지지는 않았을 텐데."

어머니는 그렇게 말하며 몇 번씩 사과했다.

"그래도 일을 좀 하는 사람인 줄 알았는데. 지긋지긋해, 진짜. 저 사람한테는 정말 넌더리가 나."

말은 그렇게 하면서 어머니는 내가 이해할 수 없는 결론에 다다랐다.

"하지만… 이제는 헤어지고 싶어도 헤어질 수 없게 되었어. 이럴 거였으면 전에 헤어지자고 생각했을 때 단숨에 결단을 내릴걸."

헤어질 수 없을 리가 없었다. 어머니에게는 용기가 없는 것이었다. 마음먹기에 따라 뭐든 할 수 있을 텐데 어머니는 아무것도 하지 않으려 했다.

그러던 어느 날의 일이다. 동네 아이들과 근처 강둑에서 노는데, 어머니가 비슬비슬 다가와서는 물어보았다.

"여기에서 꽈리가 자라지 않니?"

항상 노는 곳이라 어떤 풀과 꽃이 자라는지 잘 알고 있는 아이들은 좀 작은 꽈리를 찾아내서 뽑아왔다.

"고맙구나."

어머니는 아이들에게 감사를 전한 다음 꽈리를 절반으로

뚝 꺾어서 소맷부리 속에 숨기듯이 넣고 집에 돌아갔다.

왜 어머니는 남들에게 보이면 안 되는 것을 가져가듯이 꽈리를 소맷부리에 넣었을까? 그때는 몰랐지만, 이제 나는 그 이유를 안다.

어머니는 그 꽈리의 뿌리를 이용해서 낙태하려 했던 것이다.

낙태.

미아는 엄마도 몇 번인가 그것을 했음을 알고 있다.

엄마가 미아의 눈앞에서 유산한 적도 있다.

후미코의 이야기를 더 읽고 싶었지만, 쪽지 시험을 치른다고 해서 미아는 책을 덮고 가방에 넣었다. 쪽지 시험 중에는 교사가 교실 안을 돌아다니기 때문에 책상 아래만 보고 있다가는 커닝한다고 오해받을 수 있었다.

할 수 없이 교사가 나눠준 답안지와 마주했지만, 의욕이 들지 않았다. 미아는 답안지를 뒤집고는 백지에 그림을 그리기 시작했다.

후미코의 이야기에는 꽈리, 영어로 그라운드 체리ground cherry라 하는 것이 등장했다. 미아는 본 적 없는 과일이었다.

그라운드 체리라고 하니 평범한 체리처럼 나무에 열리는 과일일까. 미아는 그 나무를 상상해서 그려보았다. 가지에 잔뜩 붙은 자잘한 잎들 사이로 둥근 체리가 매달려 있는 나무. 털이 무성하게 자란 뿌리도 아래쪽에 그렸다.

후미코의 어머니는 나무의 뿌리로 어떻게 낙태할 셈이었을까. 미아는 생각해봤다.

그러다 어린 시절에 보았던 욕실 바닥에 흥건한 검붉은 피가 떠올랐다.

엄마가 욕실에서 피를 흘리며 겁먹은 얼굴로 "구급차를 불러, 구급차!"라고 외쳤던 때의 기억이다. 미아는 깜짝 놀라서 이비와 조이의 집으로 달려갔다. 엄마는 조이가 아는 사람의 차로 병원에 갔다. 엄마가 병원에서 돌아왔을 때, 조이는 "엄마가 아기를 잃었어."라고 말해주었다. 아기가 어디로 갔을까, 혹시 욕실 바닥에 퍼져 있던 게 아기의 피였을까, 미아는 생각했다.

체리 열매를 맺는 나무의 뿌리로 낙태한다는 것은 뿌리가 아기를 죽인다는 뜻일 것이다. 미아는 땅속에서 나무를 뒤흔들어 둥근 열매를 지면으로 떨어뜨리는 거대한 뿌리를 상상했다. 땅에 떨어진 체리 열매가 쪼개지고 액체가 흘러나온다. 검붉고 진한, 욕실의 하얀 타일 위로 퍼진 끈적끈적하고 미끌미끌한 피와 같은 액체가.

문득 옆을 돌아보니 레일라가 이쪽을 보며 미소 짓고 있었다. 레일라 역시 지루한 것이다.

레일라는 공부를 싫어했다. 어렸을 때부터 발레를 열심히 배운 레일라는 중학생이 되면 댄스부에 들어가 춤추려고 했지만, 같은 학년인 아리아나 그란데 군단의 쿨한 스트리트댄스를 보고는 자기는 저렇게 춤출 수 없다며 기가 죽어 그만둔 듯했다.

게다가 중학교에 입학하자 먹는 양은 변함없는데 갑자기 하반신이 통통해졌고, 다이어트를 해도 살이 빠지지 않는 바람에 발레까지 그만두고 말았다. 레일라는 공부든 발레든 당장 할 게 아무것도 없으니까 타인의 소문을 모아 오는 것인지도 모른다.

미아는 레일라에게 살짝 웃어주고 다시 답안지 뒷면으로 시선을 돌려 둥근 열매를 맺은 나무를 계속 그렸다.

초라한 나무에 열린 체리는 불행하다고 생각했다.

뿌리가 나무를 뒤흔들어 한꺼번에 떨어지지 않아도 충분한 영양을 받지 못한 열매는 어차피 하나씩 떨어지게 마련이다. 떨어지지 않으려고 필사적으로 노력해서 가지에 매달려도 나무가 빈약하면 역시 결국에는 떨어지고 만다. 미아는 펜을 세게 쥐고 나무 그림 옆에 이렇게 적었다.

검게 여물어라 체리들

검고 뾰족뾰족한 열매지, 빨갛고 둥근 열매가 아니라

붉은 피 따위 흘릴까 보냐 이제 와서

독한 검은 액체가 홍수처럼 분출된다

그걸 부자의 자동차 유리창에 마구 뿌리고

돈 많은 놈들은 가난뱅이의 발에 흙탕물을 튀기고

나는 열받아서 호화로운 자동차를 뒤쫓고

양손으로 총을 겨누고 섰다

두 자루 총을 겨누고 섰다

미아는 덜커덕하고 의자를 밀며 일어났다. 옆자리의 레일라가 미아를 올려다보았다. 손에 답안지를 쥔 미아는 가방을 들고 교실 앞으로 걸어갔다. 미아는 교사에게 답안지를 제출하고는 교실 문을 열고 복도로 나갔다. 시험이 시작하고 7분. 끝낸 사람은 먼저 나가도 되었기에 몇 분 만이든 상관없다.

펜을 답안지에 댄 채 윌은 교실에서 나가는 미아의 뒷모습을 바라봤다.

쿨하다. 윌은 생각했다.

저렇게 할 수 있는 사람은 미아밖에 없어.

길거리 댄스팀의 거칠어 보이는 친구들과 찍은 사진을 인스타그램에 올려 자랑하는 라그노르도, 갱스터 랩● 같은 가사를 써서 잘나가는 김도, 지금은 얌전히 책상에 고개를 박고 답안지를 채우고 있다.

그런데 미아는 갑자기 답안지를 뒤집더니 새하얀 뒷면에 무언가를 낙서했다. 그리고 낙서가 질리자 시험이 막 시작되었을 뿐인데 대번에 의자에서 일어나 어이없다는 표정의 교사를 개의치 않고, 뒤도 돌아보지 않고, 곧장 교실에서 나가 버렸다.

뭐라고 할까. 모든 것을, 전부, 빠짐없이 버린 느낌이다. 시험 따위, 미래 따위, 한꺼번에 '꺼져버려', '미래따윈 없어'라고 말하는 것 같은.

불량해 보이는 여자애들은 그 외에도 있다. 화장을 진하게 하고, 싸구려 향수 냄새를 물씬 풍기며 학교에 오는 요란한 아이들. 나이 많은 남자친구가 사준 고급 브랜드 가방과 구두를 맨날 자랑스럽게 이야기하는 어른인 척하는 여자아이들.

미아는 그런 애들과 비교도 할 수 없을 만큼 수수했고,

● 주로 미국의 흑인 하층민들이 주류 사회에 대한 분노와 비판을 표현한 힙합의 하위 장르. 과격한 랩 가사를 마치 욕하듯이 토해내는 것이 특징이다.

향수 냄새도 풍기지 않았다. 헤어스타일은 언제나 단발로 똑같고, 마른 몸에 팔다리는 가냘파서 굳이 말하면 소년 같다. 하지만 미아가 흐리고 추운 겨울날의 바다 같은 청회색 눈동자로 바라보면 월은 가슴이 덜컥했다.

미아는 진짜다, 그런 느낌이 들었기 때문이다.

월이나 라그노르나 김은 도저히 손에 넣을 수 없는 무언가를 미아는 지니고 있다. 미아와 함께 음악을 하면 자기에게 없는 그 무언가가 곡에 들어갈 것이라고 월은 생각했다. 그래서 열심히 미아를 끌어들이려 하는 건데, 미아는 냉담할 뿐이다. 사실 월에게 그렇게 반응한 여자아이는 미아가 처음이었다.

대체 어떻게 하면, 미아가 '예스.'라고 답할까.

고개를 든 채 멍하니 있는 월을 눈치챘는지 선생님이 '문제 계속 풀어라.'라고 말하듯 턱으로 신호했다. 월은 서둘러 답안지로 시선을 떨구고 다시 하나씩 답안을 써냈다.

후다닥 교실에서 나왔지만, 미아는 집으로 돌아갈 수 없었다. 찰리를 데리러 가야 하기 때문이다. 일단 집에 돌아가면 두 번 수고를 해야 하고, 오늘 오후에는 사회복지사가 오기 때문에 빨리 집에 가는 건 왠지 내키지 않았다.

여느 때처럼 아동복지과의 사회복지사가 오나 보다 했

는데, 이번에는 보건복지과에서 온다고 했다. 사회복지사는 미아와 찰리의 상태를 보기 위해서가 아니라 어머니를 만나러 오는 듯했다.

골똘히 생각하며 긴 복도를 통과해 도서실에 들어가자 PC 모니터를 노려보던 사서 교사가 미아에게 말을 걸었다.

"얘, 수업은?"

"쪽지 시험이었어요. 끝낸 학생은 나가도 좋다고 해서요."

미아가 그렇게 답하자 사서 교사는 양끝이 고양이 눈처럼 위로 치솟은 빨갛고 작은 안경을 밀어 올리며 말했다.

"하지만 아직 시작하고 얼마 지나지 않았는데?"

"그래도 끝냈어요."

미아는 총총거리며 사서 교사의 책상 앞을 지나쳐 창가 테이블의 의자에 앉았다. 그리고 가방에서 읽던 책을 꺼냈다. 사서 교사는 어처구니없다는 듯이 가볍게 고개를 가로젓고 다시 모니터로 시선을 돌렸다. 미아는 파란 표지의 책을 펼쳐서 다시 후미코의 이야기를 읽기 시작했다.

어머니와 고바야시와 나 세 사람은 야마나시에 가게 되었다. 먹고살 수 없으니 시골로 내려갈 수밖에. 야마나시에는 어머니의 본가도 있지만, 우리는 일단 고바야시의 고향 마을로 돌아갔다.

그곳은 깊은 산속에 있는 작은 마을로 열네댓 채밖에 없는 집에는 모두 고바야시의 일가친척이 살고 있었다. 친척들은 고바야시가 돌아왔다고 기뻐하며 이래저래 우리를 보살펴주었고, 살 집도 찾아주었다.

그렇지만 그곳은 집이라기보다 땔나무로 지은 오두막이었다. 가난하다고 해도 도시에서 자란 내게는 사람이 살 수 없는 곳으로 보였다. 겨울에는 눈이 바람과 함께 들이쳐서 아침에 일어나면 집 안에 눈이 쌓여 있기도 했다.

고바야시는 마치 다른 사람처럼 일하기 시작했다.

매일 본가에서 내다 팔 숯을 구웠고, 어머니 역시 근처 집들의 바느질을 해주고 그 답례로 채소 등을 잔뜩 받아 왔다. 그 덕에 먹고사는 문제는 해결되었다. 집은 도시에서 살 때 이상으로 보잘것없어진 느낌이었고 겨울 추위 때문에 힘들었지만, 우리 가족이라고 믿기지 않을 만큼 착실해졌다.

우리만 그런 게 아니었다. 그 마을에서는 누구나 아침 일찍 일어나 해가 질 때까지 부지런히 일했다. 그러는 것 외에 다른 삶은 있을 수 없었다. 부모는 일하고 아이는 밖에 나가 자연 속에서 뛰노는 건강한 생활을 모두가 했다.

그렇지만 그런 생활이 아무리 이상적으로 보여도, 그걸로 시골의 빈곤함까지 채워진다고는 생각할 수 없었다. 도시의 빌딩과 잘 차려입은 사람들이 오가는 상점가를 아는 인간에게 시골 생활은 마치 몇 시대를 거슬러 올라간 듯 원시적인 것이었다.

도시는 시골에서 많은 것들을 가로채서 번영하고 있는 게 아닐까. 나는 그렇게 생각하게 되었다. 마을 사람들이 아침부터 밤까지 일해서 손에 넣은 몇 푼 안 되는 돈을 속여서 빼앗으려는 도시 인간들이 마을로 찾아왔기 때문이다.

도시의 행상들은 잡다한 장신구와 과자를 담은 상자들을 짊어지고 마을로 온다. 그들은 비교적 돈이 있는 집의 처마 밑에 짐을 풀어놓고 장사를 시작한다.

"상인이 왔어." 하는 정보가 작은 마을에 퍼지면 모든 집에서 여자들이 모여든다. 여자들은 비녀 등을 탐나는 듯이 손에 잡고 상인에게 가격을 물어본다. 그 가격이라는 게 도시를 아는 인간에게는 믿을 수 없이 비싸지만, 마을 여자들은 그런 사정 따위 모른다. 매일 필사적으로 일해서 번 푼돈을 터무니없이 비싼 비녀나 다른 무언가로 바꾸어버리는 것이다.

이런 식이면 이 마을 사람 대부분이 팔고 있는 숯 역시 도시 상인들이 값을 엄청 후려치는 게 아닐까 하는 생각이 들었다. 도시에서는 구할 수도 없었던 귀중한 물건을 만들어서 팔고 있는데, 그래 봤자 정말 쌈짓돈밖에 받지 못하고 심지어 그 돈조차 도시에서 온 행상인이 사기를 쳐서 빼앗아 갔다.

도시는 시골에 바가지를 씌우고 있다. 나는 그렇게 생각했다. 시골이 도시 없이 시골만으로 존재한다면, 시골은 부유하지도 가난하지도 않을 것이다. 하지만 시골은 도시와 비교하면 가난하고, 도시는 시골에 바가지를 씌워서 풍족해지고 있다.

나는 시골은 시골대로 순진하고 선량한 사람들만 모인 곳은 아니라는 점도 곧 알게 되었다. 그곳에서 나는 작은 읍내의 변두리에 있는 학교를 다녔다. 산길을 10리 정도나 걸어야 했고 도시의 학교에 비하면 설비라고 할 만한 것도 없었지만, 그래도 6, 70명의 학생들이 다녔다.

그 학교에서도 도시 학교처럼 학기가 끝날 때 종업식을 치렀는데, 시골 학교라서 무적자인 학생에게도 똑같이 수료증을 수여한다고 했다. 그런데 마지막까지 내 이름만 불리지 않았다.

종업식이 끝나고 이해할 수 없어서 망연히 서 있는데, 교사가 종이 두 장을 들고 내게 다가왔다. 한 장은 다른 애들과 같은 수료증이었고, 다른 한 장은 우등상 상장이었다. 교사는 그것들을 내게 보이며 흔들었다.

"네 것도 여기 두 장 있어. 집에 가서 엄마가 받으러 오면 주겠다고 얘기해."

교사가 말했다.

아무래도 이 시골 학교에서는 종업식 전에 부모들이 교사에게 뇌물을 주는 관습이 있는 듯했다. 그 교사는 술고래로 유명했기 때문에 부모들은 교사에게 술을 선물했던 것이다.

어째서일까. 나를 양녀로 원했던 교장의 학교도 그렇고, 이 학교도 그렇고, 나를 '다른 사람'으로 취급하며 남 앞에서 수치를 준다.

더 이상은 지긋지긋했다. 그래서 나는 그토록 가고 싶었던 학교를 스스로 그만두었다. 어머니는 그에 대해 아무 말도 하지 않았다. 그는 그대로 딸의 학업 이상으로 큰 고민을 떠안고 있었기 때문이다.

5

엄마들, 딸들

엄마는 평소처럼 멍한 얼굴로 부엌 의자에 앉아 있었다.

"사회복지사는 돌아갔어?"

찰리를 데리고 학교에서 돌아온 미아는 탁자 위에 가방을 두고 엄마에게 물었다. 엄마는 아무 말 없이 창밖의 흐린 하늘을 바라보았다.

닦은 지 오래된 유리창은 맑은 날에도 바깥 경치가 아지랑이 피는 듯이 보일 만큼 더러웠다. 아, 안 돼, 사회복지사는 저런 데도 일일이 확인하려나. 미아는 어제 창을 닦아두지 않은 것을 후회했다.

"사회복지사, 왔다 갔어?"

미아는 목소리의 볼륨을 키워서 다시 한 번 물었다.

"…응."

엄마는 그제야 미아의 존재를 깨달았다는 듯이 돌아보며 답했다.

"벌써 돌아갔어? 별일이네. 보통은 우리가 어떤지 보러 오는 건데."

미아는 그렇게 말하며 수도꼭지를 열고 유리컵에 물을 받았다.

"또 오겠대."

엄마는 마치 남 일처럼 건성으로 말했다.

"우리를 만나러?"

"그게 아니라…"

엄마가 다시 창밖으로 시선을 돌렸다. 햇빛이 들이치는 오후에 그를 가만히 바라보니 빛바랜 금발에 은색 머리카락이 잔뜩 섞여 있었다. 또 흰머리가 늘었다. 이제 막 서른 살이 되었는데.

"병원에 데려간다고."

미아는 물이 담긴 유리컵을 꽉 쥐고 부엌 싱크대 앞에 우뚝 서서 물었다.

"동의한 거야?"

"응."

"어딜 진료한대?"

"뭔가 여기저기 말했어. 잘 모르겠어."

"모르겠다니, 대낮부터 취했어?"

"…좀 졸렸어."

"뭐 때문에 병원에 가는지, 어느 병원에 가는지, 전부 듣고 이해한 다음에 동의했어야지."

미아는 엄마를 심하게 꾸짖었다. 어른이 손을 들면 깜짝 놀라 움찔하는 어린아이처럼 엄마는 바로 눈을 감고 얼굴을 꾹 찡그렸다.

"자기는 자기가 지켜! 내가 당신까지 지킬 수는 없어."

미아는 가방을 집어 들고 부엌에서 나왔다. 찰리가 거실 소파에 앉아 바나나를 먹으며 텔레비전을 보고 있었다.

안 좋은 예감이 들었다. 너무나 어두운 예감이었다. 가슴이 두근거렸다.

미아는 한동안 침대에 누워 있다가 바닥에 둔 가방을 끌어당겨서 다시 그 책을 펼쳤다. 하지만 글자가 머리에 들어오지 않았다. 후미코의 목소리가 들리지 않았다.

왜 사회복지사가 집에 왔을까?

어째서 엄마를 병원에 데려갈까?

그 답을 누군가에게 확인하기 전에는 머릿속에서 울리는 날카로운 알람이 멎을 것 같지 않았다. 미아는 결심하고 침대에서 벌떡 일어나 교복을 갈아입기 시작했다.

카울리즈 카페의 문을 열어보니 전에 왔을 때처럼 조이가 카운터 안에 서 있었다.

"어서 와. 잘 왔어."

조이는 부드러운 미소를 지으며 미아와 찰리를 맞이했다.

"오늘은 케밥이랑 카레가 있어. 배부르게 먹고 가렴."

미아는 벽 쪽의 빈 테이블로 안내하는 조이의 등에 대고 말했다.

"오늘 사회복지사가 집에 왔어요… 복지과에 연락한 거 아줌마죠?"

조이는 찰리에게 종이접시를 쥐여주고 밥을 가지고 오라고 카운터 쪽을 가리켰다. 그리고 벽 쪽 테이블의 의자에 미아를 앉히고는 자기도 맞은편에 앉았다.

"이비한테서 들었구나."

미아는 답하지 않았다.

"엄마의 상태가 나쁜 건 너도 알고 있지?"

"어제오늘 그런 게 아니에요. 엄마는 계속 상태가 나빠요. 내가 어렸을 때부터 계속."

"하지만 최근에는 예전과도 다르잖아."

"별로 그렇지 않다고 생각해요."

"나는 많이 걱정하고 있어."

"병원에 데려간다고 했다던데, 어떤 병원을 뜻하는지 아세요? 엄마가 잘 몰라서요."

"아마"까지 말한 조이는 숨을 멈추고 목소리를 낮추며 이어 말했다.

"정신과일 거야."

"왜요?"

미아는 목소리를 곤두세우며 항의하듯이 말했다.

"내가 훨씬 어렸을 때도, 찰리가 태어났을 때도, 엄마는 병원에 갔지만 낫지 않았어. 왜 그렇게 소용없는 짓을 하죠? 그런다고 뭐가 돼요?"

미아가 큰 소리로 고함치는 바람에 옆 테이블에서 식사하던 어머니와 아들이 돌아봤다. 조이는 진정하라는 듯이 양손을 펼치고 위아래로 움직였고, 카운터 쪽에서 걱정스럽게 지켜보는 찰리에게 미소를 지으며 "괜찮아."라고 입을 크게 벌려서 전했다.

"네 어머니에게는 지금 절실히 도움이 필요해. 본인도 그걸 인정하고 있고. 아무리 자식이라고 해도 네가 그걸 막을 수는 없어."

미아는 의자에서 벌떡 일어났다. 찰리가 종이접시에 음식을 가득 담고 테이블로 다가왔다. 미아는 동생에게서 시선을 돌리고 카페 안쪽 통로로 걸어갔다.

아무리 자식이라고 해도 네가 그걸 막을 수는 없어.

아무리 자식이라고 해도…라니, 내가 그 사람의 자식이라고 할 수 있을까? 부모다운 일 따위는 해준 적도 없는데. 그 사람은 벌써 옛날에 아이도 자기 자신도 내버렸다. 그렇다면 조금만 더, 앞으로 몇 년만, 이대로 있어도 괜찮지 않나? 내가 찰리와 둘이서 살아도 복지과에서 끼어들지 않는 나이가 될 때까지 그냥 입 다물고 얌전히 있어줘도 괜찮지 않나? 한 번 정도는, 이번 한 번만 그 사람이 내게 협조해줘도 되지 않나.

미아는 화장실 문을 열고 대변기가 있는 칸으로 뛰어들었다. 가슴 앞에 팔짱을 낀 채 대변기 뚜껑 위에 앉아 물을 내렸다. 그리고 쏴아 하고 물소리가 크게 나는 동안 있는 힘껏 오른손으로 눈앞의 문을 후려쳤다.

손에 저리는 듯한 통증이 느껴졌다. 왼손으로 빨개진 주먹을 문지르면서 문에 쓰인 낙서를 읽었다. "WE WANT JUSTICE 우리는 정의를 원한다"라는 말이 있었다.

정의. 미아는 생각했다. 정의 같은 게 언제 어디에 있었지? 내가 도서관에서 누군가 먹다 남긴 과자를 찾을 때, 학교에서 괴롭힘을 당해 화장실에서 울었을 때, 찰리가 예쁜 곱슬머리를 가위로 잘려 집에 돌아왔을 때, 도대체 어디에서 어떤 정의가 우리에게 찾아왔지?

정의 같은 걸 믿는 건 복받은 인간이다. 내게는, 나밖에 없다. 나랑 찰리밖에 없다. 정말이지 이런 카페에 모여드는 인간이 쓸 법한 문장이지만, 우리 같은 아이는 어떤 어른에게도, 정의에도, 기댈 수 없다.

Fuck your Justice당신의 정의 따위 엿 먹어.

미아는 낙서 위에 침을 뱉었다.

화장실에서 나가 테이블로 돌아가는데 여전히 조이가 앉아서 밥 먹는 찰리를 돌보고 있었다.

"괜찮아?"

조이의 물음에 미아는 단호하게 고개를 끄덕였다. 밝은 미소를 지으며 양손의 엄지까지 들어 보였다. 그러자 조이는 안심한 듯이 자리에서 일어나 카운터로 돌아갔다.

배가 잔뜩 부른 찰리는 버스에 앉자마자 잠들었다. 미아는 플라스틱 용기가 든 종이봉투를 무릎 위에 두고 차창 밖을 보았다. 조이가 또 음식을 잔뜩 싸주었다.

"조심해야 해. 2층 버스의 위층은 운전사의 눈에 띄지 않으니까 반드시 아래층에 앉아라. 절대로 계단을 올라가면 안 돼."

조이는 그렇게 말하며 종이봉투를 미아에게 건네주었다. 그런 말을 해주는 어른은 미아의 주위에 조이밖에 없다. 그런데 그런 조이가 멋대로 복지과에 연락해서 미아가 그려온

미래 계획을 방해하다니 얄궂은 일이었다.

결국, 내 마음을 아는 건 이 사람밖에 없어.

미아는 그렇게 생각하며 가방에서 후미코의 책을 꺼내서 펼쳤다.

"오, 누님 계셨군요."

삼촌은 집에 들어오자마자 그렇게 말했다.

"…정말 잘 왔다."

어머니는 그렇게 말한 다음 흙바닥에 선 채 눈물을 뚝뚝 흘리기 시작했다.

가난하고 적적한 마을의 생활을 어머니는 견딜 수 없었던 것이다. 그래서 글을 쓸 수 있게 된 내게 대신 연하장을 쓰게 해서 본가로 보냈다. 이쪽 주소를 적어두면 삼촌이 반드시 데리러 올 것이라고 믿었기 때문이다.

삼촌은 어머니와 나를 본가로 데려가겠다고 고바야시에게 말했다. 고바야시의 입장에서는 기습을 당한 셈이었다. 곧장 고바야시의 친인척들이 모여서 의논하기 시작했다. 논의의 초점은 갓난아기인 하루코였다.

그렇다. 어머니는 고바야시의 아이를 낳은 것이다. 고바야시의 본가에 오기 전, 여인숙에서 지내던 무렵에 어머니가 꽈리의 뿌리로 낙태하려 했던 아기는 무사히 태어났다. 눈이 겹겹이 쌓인 마을의 오두막에서 태어난 아기에게는 하루코春子라는 이름이 붙었다. 가난한 마을의 혹독한 겨울을 견딜 수 없었던 어머니가 봄春을 고대하며 붙인 이름이다.

남동생 겐과 생이별한 나는 여동생이 태어나서 무척 기뻤다. 사랑할 수 있는 작은 가족이 돌아온 것이다.

그렇지만 그때 며칠에 걸쳐 어른들이 논의한 결과 하루코는 고바야시의 본가에서 거두기로 했다. 그리고 그 결론이 내려진 이튿날 아침, 삼촌과 어머니와 나는 곧장 마을에서 나갔다. 큰집의 딸인 유키 씨가 하루코를 등에 업고 마을 변두리까지 우리를 배웅해주었다. 하루코는 유키 씨의 등에서 새근새근 잤다.

낮은 산의 기슭에서 길이 꺾이는 곳에 다다르자, 유키 씨는 '여기까지.'라는 듯이 멈춰 섰다. 그런데 거기서 어머니의 발까지 함께 멈춰버렸다. 삼촌이 재촉해서 몇 걸음 걸었지만, 어머니는 다시 뒤돌아서 유키 씨에게 돌아가더니 업혀 있던 하루코를 안아서 젖을 주기 시작했다. 자고 있던 하루코는 억지로 깨우자 한순간 울 뻔했지만, 금세 젖꼭지를 찾아 물고 쭉쭉 세게 빨기 시작했다.

하루코가 울음을 그치자 이번에는 어머니가 울었다. 어머니는 하루코의 볼에 자신의 볼을 문지르며 같은 말을 반복했다.

"유키 씨, 부탁드려요. 이 아이를 부탁드려요."

"누님, 갑시다."

삼촌의 재촉에 어머니는 하루코를 유키 씨의 등에 업혀놓고 다시 걷기 시작했다.

뒤돌아봐도 아침 안개에 휩싸인 두 사람의 모습이 잘 보이지 않게 되었을 때, 하루코의 새된 울음소리가 들려왔다. 어머니는 마침내 어린아이처럼 흐느끼며 울었고, 그저 산 아래를 향해 계속 걸었다.

어머니가 겐을 아버지의 집에 데려갔을 때, 나는 어른들이 미웠다. 그런데 겐을 업고 간 어머니는 혼자 돌아오는 도중에도 혹시 이렇게 어깨를 들먹이며 울었을까.

어른도 아이와 헤어지기란 사실 괴로운 것이다. 나는 그렇게 생각하며 어머니의 손을 살짝 잡았다.

카울리즈 카페의 카운터에 있는 싱크대에서 큰 접시와 볼을 설거지하면서 조이는 미아의 말을 떠올렸다.

"복지과에 연락한 거 아줌마죠?"

그 말을 했을 때 미아의 작은 얼굴에 증오가 가득했기 때문이다. 미아는 아직 자신이 위탁부모를 거부한 일을 용서하지 않았다.

위탁부모가 되는 건 그리 간단한 일이 아니었다. 물론 위탁부모가 되는 절차를 밟으면 될 수는 있었다. 카페에서 자원봉사를 하며 이 지역의 복지과 사람들과 잘 아는 사이가 되었고, 가족의 친구나 친족이 위탁부모가 되는 킨십 포스터 케어kinship poster care라는 제도가 장려되고 있다는 소식도 들었다. 공식적으로 위탁부모가 되면 지원금도 나오고, 복지과에서 넓은 집까지 찾아준다. 경제적으로도 불가능한 일은 아니었다.

그래도 딸인 이비를 고려하면 위탁부모가 될 수는 없었다. 이비가 어린 시절부터 조이와 미아의 관계를 질투한 것을 잘 알고 있기 때문이다.

조이는 도서관과 카울리즈 카페에서 책을 잔뜩 빌려 미아에게 읽혔다. 이비는 미아처럼 독서를 좋아하지 않았다. 책의 감상을 물어봤을 때 어른도 생각하지 못할 예리한 말을 하는 건 언제나 미아였다. 이비는 사람들 앞에서 당당하게 말하거나 춤추고 노래하는 게 특기인 활발하고 눈에 띄는 아이였다. 미아는 정반대로 조용하지만 지식욕이 왕성하고, 책을 읽거나 시를 쓰는 걸 잘했다.

성향이 서로 다르기 때문에 조이는 두 아이를 다른 방식으로 대하려 했다. 하지만 이비는 엄마가 미아 쪽을 더 신경 쓴다고 믿었다. 실제로 이비보다 어려운 형편에서 자라는 미아를 동정하여 마음을 더 쓴 부분도 있었으니 어린아이가 예민하게 그걸 꿰뚫어본 것이다.

설거지를 마친 큰 접시와 볼들을 주방수건으로 닦아 싱크대 아래의 선반에 하나씩 정리해두는데, 딸랑딸랑 종소리를 내며 카페 문이 열렸다.

"어? 벌써 뷔페가 끝난 건가?"

수염이 덥수룩한 중년 남자가 그렇게 말하며 카페 안을 둘러보았다.

"네, 저녁 8시 반까지라서 다들 돌아갔어요."

조이가 답하고는 미소 지었다. 얼마 전부터 책을 잔뜩 가져와서 기부하고 뷔페를 먹는 남성이다.

"좀 늦었나."

조이는 냉장고 속에서 남은 음식을 담아둔 용기를 두개 꺼냈다. 자기가 가져갈 셈이었지만, 책을 담은 봉투를 두 개 들고 서 있는 남자를 보고도 못 본 척하는 건 너무한 듯했다.

"남은 음식이라도 괜찮으면, 있어요. 가져가실래요?"

남자는 살았다는 듯한 표정을 지으며 카운터로 다가갔

다. 그리고 가져온 슈퍼마켓 봉투에서 책을 꺼내 카운터에 늘어놓았다.

철학서, 사상서를 중심으로 오래된 책부터 새것까지 스무 권은 족히 넘었다.

"이 책들 전부 읽으셨어요?"

조이의 질문에 수염이 덥수룩한 남자는 말없이 웃었다.

그에 관해서는 여러 사람들이 다양한 소문을 들려주었다. 원래는 대학 교수였지만 정신병이 들어 병원에 격리되었고 지금도 재활 중이라는 설. 앞선 세기에는 베스트셀러 작가였지만 거액의 탈세가 들켜서 집도 가족도 잃고 현재는 숲속의 이동식 주택에서 생활하고 있다는 설. 유명한 록 뮤지션이었지만 인기가 떨어지자 아나키스트가 되었고 지금은 자급자족하면서 대여 농장의 오두막에서 살고 있다는 설.

어떤 소문이든 '몰락했다'는 점은 공통적이었다. 아마 그가 상류층 억양의 영어를 구사하기 때문일 것이다. 기부하는 책의 권수를 고려하면 도저히 이동식 주택이나 농장의 오두막에서 사는 사람 같지 않았지만, 조이는 그래도 한번 물어보았다.

"어떡할까요? 음식 데워드릴까요?"

"어? 여기서 먹어도 되나요?"

남자는 눈을 반짝였다.

"아뇨, 뒷정리를 끝내서 슬슬 문 닫으려고 하는데, 전자레인지로 데운 걸 갖고 가시는 게 나을까 해서요."

조이의 말에 남자는 풍성한 턱수염을 오른손으로 만지며 조금 생각하고는 답했다.

"그럼, 부탁드립니다."

조이가 전자레인지에 용기를 넣자 남자는 현관문 옆에 붙어 있는 포스터를 보고 말했다.

"호, '카를 마르크스와 긴축의 시대'인가."

"네, 다음 달에 여기서 해요. 오시겠어요?"

포스터 한가운데 있는 마르크스와 수염이 덥수룩한 남자가 무척 닮은 걸 보고 웃음이 나오는 걸 참으면서 조이는 참석을 권했다.

"마르크스가 지금 살아 있다면, 이 시대의 우리를 보고 뭐라고 할까요. '대단한 시대가 되었구나.'라고 놀랄까요, 아니면 '왜 너희는 하나도 변하지 않은 거냐.'고 화를 낼까요."

"'만국의 노동자여, 지금이야말로 단결하라.'라고 말하지 않을까요?"

조이의 농담에 중년 남자가 웃었다.

"정말로 '이제는 단결 좀 해라.'라고 할지도 모르겠네요. 너희 진짜 어떻게든 안 하겠냐고."

전자레인지에서 삐 하는 소리가 울렸다. 조이는 전자레인지에서 용기를 꺼낸 다음 슈퍼마켓 봉지에 담고 남자에게 건넸다.

"감사해요. 그럼 또 오죠."

남자는 인사를 하고 문으로 걸어갔다.

"저희야말로 항상 책을 많이 기부해주셔서 감사합니다."

조이는 남자의 등 뒤에서 그렇게 말하며 배웅했다.

미아가 카울리즈 카페에 갔다가 돌아오니 엄마는 이미 잠들었는지 집 안이 캄캄했다. 정류장에 도착했을 때 억지로 깨운 찰리는 반쯤 잠든 상태로 비슬거리며 집에 돌아왔다. 그리고 옷도 갈아입지 않고 그대로 침대 속에 들어갔다.

미아는 부엌으로 가서 조이가 챙겨준 음식을 냉장고에 넣었다.

부엌 창문으로 자동차 전조등의 금색 불빛이 단지의 벽을 밝게 비추는 것이 보였다. 저 눈부신 빛은 한 대가 내는 것이 아니었다. 여러 자동차의 전조등 불빛이 벽에 닿고 있었다. 창가에 서서 자세히 보니 한 대는 경찰차였다. 나머지 두 대는 평범한 승용차였는데, 나란히 서 있는 걸 보니 경찰의 차인 듯했다.

이 시간이니 가정 폭력 아니면 과다 투약. 하지만 구급차가 오지 않은 걸 보니 다른 일인지도 몰랐다.

어린 시절, 미아는 어두운 밤에 가끔씩 자동차 불빛이 반짝반짝 빛나는 걸 좋아했다. 밤늦게 단지에 경찰차나 구급차가 올 때마다 금색 불빛이 단지의 벽 위를 빙글빙글 도는 것이 예쁘다고, 마치 밤중의 이동유원지 같다고 기뻐했다.

그렇지만 당연히 지금은 그렇게 생각하지 않는다.

미아는 부엌의 전등을 켰다. 침실에서 자는 찰리를 깨우지 않도록 부엌에서 책을 계속 읽을 셈이었다. 의자에 앉아서 책을 펼치는데, 창밖에서 빛나던 금색 불빛이 사라졌다. 경찰차는 이미 단지에서 떠나간 것이다.

고바야시의 고향에서 이틀 정도 걸어서 우리는 어머니의 고향 마을에 도착했다.

어머니가 젊은 시절 근무했던 방직공장에 일하러 가게 되었기에 나는 삼촌 집에 맡겨졌다.

그런데 얼마 뒤에 친척들이 어머니를 불러들였고, 삼촌의 집에서 무언가를 의논하기 시작했다.

"상대편에는 아이가 세 명 있다는데, 모두 다 자라서 손이 많이 가지 않는단다."

"장사도 잘돼서 형편도 나쁘지 않은 모양이야. 이런 시골보다는 도시에서 사는 게 네 성격에도 맞지 않겠니."

조부모와 삼촌 부부는 본가에 돌아온 어머니를 '처리할 곳'을 찾은 것이었다. 여자가 집에 혼자 있으면 가족이 그 여자의 '처리'를 시작한다는 걸 나는 알고 있었다. "옆 마을로 처리했다."라든지 "그 아이도 처리했다."라고 맨날 어른들이 이야기하는 걸 들었기 때문이다.●

엔잔이라는 역 근처에서 잡화점을 하는 사람이 어머니를 후처로 원한다는 듯했다. 어머니는 잠자코 이야기를 들었는데, 한동안 생각에 잠기듯이 침묵하더니 나직이 말했다.

"그럼 가볼까."

나는 놀라서 어머니의 얼굴을 보았다. 이렇게 간단히 먼 도시로 '처리'되는 걸 결정하다니 믿을 수 없었다.

"엄마, 부탁이니까 가지 마."

나는 어머니의 목덜미에 매달리며 부탁했다. 아버지뿐 아니라 어머니까지 나를 버리려고 했기 때문이다.

그렇게 나는 삼촌의 집에 남겨졌다. 또 무적자이기 때문에 학교에서 괴롭힘을 당했다.

● 일본어 단어 '片付く'는 '시집가다'라는 뜻과 더불어 '처리하다'를 뜻하기도 한다. 가네코 후미코는 어른들이 시집갔다고 말하는 걸 처리했다는 뜻으로 받아들인 것이다.

여름이 끝날 무렵 어머니가 돌아와서는 자신의 새로운 집을 보여주고 싶다며 나를 엔잔에 데려갔다.

엔잔역 옆에 있는 그 잡화점은 언제나 손님이 있었고 꽤 번성하는 느낌이었다. 그 집 아이들과는 사이가 좋아졌지만, 어머니와 결혼한 남자는 쌀쌀맞았다. 나는 이틀 밤을 자고 나니 돌아가고 싶어졌다. 어머니에게 말하자 뜻밖에도 섭섭해하는 표정을 지었다. 하지만 내 생각이 바뀌지 않는 걸 알고 나를 위해 만들었다며 예쁜 주머니와 색실을 꺼내 왔다.

"조심해서 돌아가렴. 부디, 조심해서…."

어머니는 당장이라도 울듯이 말했다. 그걸 듣고 내 마음도 조금은 풀렸지만, 나는 더 이상 정에 얽매이지 않았다. 그가 자신의 행복을 위해 나를 버렸다는 사실은 변함없기 때문이다.

어머니는 아이와 헤어질 때 눈물을 흘린다. 하지만 정말로 정이 있다면, 버리지 않았을 것이다. 겐도, 하루코도, 버리지 않고 자신이 길렀을 것이다. 아이들을 포기했으면서, 훌쩍거리며 운다고 변명이 되지는 않는다.

나는 어머니에게 작별을 고하고는 지체 없이 걸음을 뗐다. 그리고 한 번도 뒤돌아보지 않았다. 어머니의 약함과 눈물은 슬펐다. 하지만 슬픈 동시에 나는 이제 그런 것이 지긋지긋했다.

"엄마가 우울증이 도져서 지긋지긋해."

교정 구석에 있는 느릅나무 아래에서 초콜릿 바를 베어 먹으며 레일라가 말했다.

"또 엄청 먹기 시작해서 갑자기 살이 찌겠구나 싶었는데, 밤에 잠이 안 온다고 새벽 3시에 키보드 두들기면서 일하지 않나…."

미아는 잠자코 이야기를 들었다.

"있잖아, 엄마한테 죽고 싶다는 말 들어본 적 있어?"

레일라는 그렇게 물어보며 가운뎃손가락에 덕지덕지 묻은 초콜릿을 핥았다.

"너는 들어봤어?"

"응, 아빠랑 이혼하기 전에 엄마가 우울해서 죽고 싶다고 했어. 그냥 죽여달라고. 아무리 그래도 어린애한테 그런 말을 하는 건 반칙 아냐?"

몸집이 작은 레일라는 고개를 갸웃거리며 미아를 올려다보았다.

"그때는 잠이 안 온다면서 약을 여러 개 먹었는데, 조합이 나빠서 그렇게 됐다고 할머니가 말하긴 했어. 카운슬러를 바꾸고, 이혼하고, 다 나은 줄 알았는데, 요즘 다시 시작된 것 같아. 그때도 처음에는 이런 식이었거든."

"…"

"울적한 크리스마스가 될 것 같아서 예감이 안 좋아."

레일라는 가방 주머니에서 아이폰을 꺼내고는 시간을 확인하며 미아에게 말했다.

"수업 시작하겠다. 갈까?"

두 사람은 교실을 향해 걷기 시작했다.

"…저기, 다른 사람한테 죽고 싶다고 말했다는 건 도와달라는 뜻이 아닐까?"

미아의 말에 레일라는 놀란 듯이 고개를 들었다. 레일라의 이야기에 미아가 무언가 의견을 내다니 드문 일이었기 때문이다.

"그러니까 좀더 살고 싶으니까 그럴 수 있도록 도와달라는 거 아냐?"

미아가 말을 잇자 레일라가 답했다.

"응, 나도 그렇다고 생각해. 하지만 그런 말을 해도 어린애가 도와줄 수 있을 리가 없잖아."

"…그건 그래."

"무책임하다고."

"…"

레일라는 건물 입구 옆에 줄지어 있는 사물함 앞에 멈춰 서서 가방을 안에 처박았다. 미아는 가방을 등에 멘 채 레일라와 함께 미술 교실로 걸어갔다.

레일라의 어머니는 무책임하지 않아서 우울증에 걸리는 것 아닐까. 성실히 일을 하고, 제대로 아이를 기르고, 그러다 가끔씩 벅차고 힘들기도 할 테니 누군가에게 도와달라고 할 만하다.

미아의 어머니는 무책임하다. 일도 하지 않고 육아도 하지 않는다. 그러니 우울에 빠질 이유는 없을 것 같은데 하루 종일 방에 틀어박혀 누워 있다.

남자가 없기 때문일 것이다. 후미코의 어머니와 내 어머니는 그 점이 똑같다. 남자 없이는 살지 못하는 것이다.

그런 생각을 하며 교실에 들어가는데, 창가에서 계속 바라보는 강한 시선이 느껴졌다. 윌이다. 쟤 요즘 들어 좀 이상해. 맨날 이상한 눈빛으로 나를 보고 있고.

평소대로 맨 뒷줄에 앉자 레일라가 상반신을 미아 쪽으로 틀며 말했다.

"얘, 또 윌이 보고 있어."

미아가 전혀 반응하지 않아서 레일라는 다시 한 번 확인하듯이 말했다.

"윌 말이야, 혹시 너를 좋아하는 거 아냐?"

미아는 고개를 가로저으며 한쪽 눈썹을 추켜올렸다.

"그럴 리 없잖아… 그냥 내가 신기한 거야."

"신기해?"

"응, 스마트폰 같은 것도 안 쓰고, 인스타도 안 하고, 책만 읽는 '옛날 사람' 같은 여자라고 전에 말한 적이 있나 봐."

"누구한테?"

"이비한테."

"아, 둘이 잠깐 사귀었지."

중학생의 연애란 바쁘게 돌아간다. 고백해서 사귀었다가 일주일 정도 지나면 헤어지고 다른 사람과 사귄다. 그런 게 반복된다. 사귄다는 행위보다 사귄다고 선언하거나 소문이 도는 걸 즐기는 듯했다. 특히 눈에 띄는 화려한 아이들은 돌아가며 한 번씩은 사귀지 않았나 싶을 만큼 항상 그런 화제를 뿌리고 다녔다.

미아는 엄마가 거실 테이블에 쌓아둔 '!'가 붙은 잡지와 비슷하다고 생각했다. 학교의 유명인들은 진짜 유명인의 미니어처처럼 서로 들러붙거나 갈라지며 다른 학생들에게 끊임없이 화제를 제공했다.

"미아, 저렇게 뜨거운 눈길로 보는데 좀 웃어주면 어때?"

미아는 말없이 고개를 숙이고 가방에서 책을 꺼내 책상 아래에 펼쳤다.

남자 따위 불행의 원흉이다. 이 책도, 내 어머니도, 그렇다고 가르쳐주었다.

"그래도. 윌 같은 남자가 저렇게 본다니, 좀 대단해."

레일라는 가만히 미아를 바라보았다. 그 시선에는 왠지 존경 같은 게 깃들어 있었다.

지금까지 계속 교실에서 나란히 앉고 함께 쉬는 시간을 보냈지만, 레일라가 저런 시선으로 미아를 바라본 적은 없었다. 레일라는 항상 일방적으로 자기 얘기를 했고, 미아에게 별로 관심을 기울이지 않았다. 자기의 집안과 생활에 관해 밝히고 싶지 않은 미아로서는 딱 좋은 관계였다.

그런데 윌이 미아를 본다는 겨우 그 이유로 레일라가 미아에게 관심을 갖기 시작했다. 어떤 남자가 본다는 이유만으로 내 가치가 급격히 올라간다니 이상한 일이다. 나는 나다. 내 가치를 결정하는 건 나. 내 가치를 외부의 누군가가 올리고 내리는 건 열받는 일이다. 그렇게 생각하니 갑자기 윌이 성가신 존재로 여겨졌다. 미아는 맨 뒷자리에서 윌을 노려보았다.

6

사실은   말 못 해
누구에게도

어느 시대의 벽지일까?

니코틴을 너무 흡수해 금색으로 변색한

이 시대의 벽지다

커튼 너머로 금색 빛이 회전한다

화이트니 블랙이니 브라운이니

내가 아는 컬러는 그런 게 아냐

피부의 색이 아냐 사람의 색이 아냐

그건 긴급 사태의 금색

금이 간 유리창으로

언제나 보고 있는 한밤중의 금색

어둠 속을 반짝반짝 달려오는 구급차의 라이트

단지의 소녀들을 데리러 온 자동차의 라이트

발하는 빛은 뷰티풀 골드

어두운 밤에 반짝이는 러블리 골드

"미아가 오늘 수업 시간에도 이런 걸 썼어."

이렇게 말하며 방과 후에 복도에서 유인물을 건네준 것은 레일라였다. 왜 레일라가 이런 걸 자신에게 가져다주는지는 몰랐지만, 건네받은 순간 윌은 약간 얼굴이 붉어졌다.

"미아가 랩 가사를 써주길 바라는 거지?"

"아⋯ 어어, 고마워."

놀라서 어쩔 줄 모르던 윌은 일단 레일라에게 감사를 전했다.

윌은 그 자리에서 도망치듯이 계단을 뛰어올라 평소처럼 음악부실로 갔다. 창가의 녹음 기기가 놓인 책상 앞 의자에 앉아 서둘러 종이를 펼쳤다.

역사 시간에 선생님이 나눠준 유인물이었다. 새하얀 뒷면에 파란색 볼펜으로 시가 쓰여 있었다.

윌은 유인물 뒷면에 쓰인 글을 읽고 그 자리에 못 박힌 듯 꼼짝도 못 했다. 오늘 고개를 숙이고 열심히 책을 읽던 미아의 둥근 머리에 햇빛이 닿아 금빛으로 반짝이는 걸 보고 어머니가 집 앞 정원에 잔뜩 심어놓은 마리골드의 꽃을 연상하며 멍하니 있었던 게 생각났기 때문이다.

미아 역시 '금색'에 관해 썼다니 대단한 일치라고 생각했다.

그렇지만 같은 색이라 해도 윌은 꽃을 떠올렸는데 미아의 금색은 구급차의 불빛이었다. 같은 색에서 연상하는 것이 이토록 다르다니.

"저 근처에는 가지 마."라고 주위 어른들이 말하는 공영 단지에 사는 것이나 미아의 집안 사정에 관해서 윌도 조금은 주워들었다. 루이의 친구 어머니들에게서 소문을 들은 어머니는 찰리를 "불행한 집의 아이"라고 불렀다.

"의존증 문제가 있는 싱글맘 가정인데, 가난해서 늘 사이즈가 작은 교복을 입고 있대. 그걸 루이가 놀리고 괴롭혔다고 해. 엄마가 정신적으로 불안정한 탓인지 찰리는 소심하고 항상 주눅 들어 있는데, 그걸 약점 잡아서 루이가 정말 심한 짓을 하고 있어. 대체 어떡해야 좋을까."

어머니가 그렇게 말하며 아버지와 의논하는 것을 들은 적이 있다.

윌이 미아를 진짜라고 생각하는 이유는 아마 그런 사정과 관련이 있을 것이다. 진짜 죽여주는 랩 가사는 미아가 살고 있는 단지 같은 곳에서 나온다. 그래서 미아와 함께 음악을 하면 쿨한 가사가 나오리라고 기대했던 것이다.

그렇지만 실제로 미아가 쓴 글을 읽으니 윌은 가슴이 무너질 것 같았다.

햇빛 아래서 산들거리는 마리골드 같은 것이나 상상하는 순진한 자신, 그리고 폭력이나 불법약물이나 의존증 환자 때문에 단지로 달려오는 구급차의 불빛을 연상하는 미아.

같은 '골드'라고 해도 너무 동떨어져 있었다. 윌은 마음속이 부끄러움으로 가득 찼다. 가사를 다시 읽는데 어두운 방에서 무릎을 감싸 안고 구급차 사이렌 소리를 듣는 미아의 모습이 떠올랐다. 윌은 말로 표현할 수 없는 기분이 되어 고개를 숙였다.

"Yo! 브로! 새 랩이 완성됐어. 완전 멋진 가사가 떠올랐거든. 최고로 불량하고 죽여줘."

김이 조용히 녹음 기기 앞에 앉아 있는 윌의 어깨를 쳤다.

"들어볼래?"

김은 아이폰의 이어폰을 윌에게 건네려 했지만, 윌은 오른쪽 손바닥을 들며 막았다.

"아니, 지금은 안 들을래."

축복받은 세계에서 만들어진 '최고로 불량하고 죽여주는' 랩 따위 지금은 별로 듣고 싶지 않았다.

어? 이상하네? 미아는 고개를 갸웃거렸다.

후미코의 책에 책갈피 대신 끼워두었던 유인물이 없어졌기 때문이다. 아까 수업 때 받은 유인물 뒷면에 시를 쓰면서 놀았는데, 좀 하다 보니 지겨워져서 책을 읽기 시작하며 유인물은 책갈피 대신 접어 넣었던 것이다.

다른 교실로 이동할 때 떨어뜨린 걸까.

누가 시를 읽는 건 싫은데. 그렇게 생각했지만 유인물에 이름도 적지 않았기 때문에 누가 썼는지 모를 터였다. 그 때문에 후미코의 책을 어디까지 읽었는지 알 수 없게 되었지만, 미아는 분명히 어머니가 재혼해서 없어진 부분이었던 것 같다고 생각하며 책을 펼쳤다.

찰리에게 간식을 먹였고 숙제도 시켰으니, 이제 한동안은 나만의 시간이다. 미아는 부엌 테이블 위에 책을 펼치고 책장을 펄럭펄럭 넘기다 마침내 읽다 만 부분을 찾아냈다. 그리고 다시 후미코의 세계로 들어갔다.

선선한 가을이 끝나고 겨울이 찾아오던 무렵, 야마나시의 삼촌네 집으로 생각지 못했던 사람이 방문했다. 그때껏 만난 적 없던 아버지의 어머니, 내 할머니가 찾아온 것이다.

어머니 쪽 할머니와 같은 50대라는데 그 사람은 피부도 매끈매끈 생기가 돌았고, 어느 명문가의 은퇴한 노인처럼 '돈 좀 있다'는 걸 과시하는 옷차림으로 시골 농가에 나타났다. 마을 사람들은 "저건 누구야?"라며 소곤거렸다.

"할머니는 너를 데리러 온 거야."

삼촌에게 그 말을 듣고 나는 깜짝 놀랐다.

그렇지만 그와 동시에 나는 왠지 드디어 올 게 왔다고 직감했다. 어렸을 적, 학교에 가지 못해 오래된 신문 기사를 보며 직접 이야기를 지어내고 놀던 시절에 비슷한 이야기를 몇 번이나 만들었다.

꿈같은 이야기를 수없이 만들고는 이런 일은 현실에서 일어날 리 없다고 생각했다. 그러면서도 나는 마음속 한구석으로 기다려왔던 것이다. 언젠가 반드시 여기와 다른 세계로 갈 수 있다고 믿었다. 나는 어머니처럼 포기하고 싶지 않았기 때문이다. 아무것도 바라지 않고 하는 수 없다며 참으면서 살기보다 여기와 다른 세계가 있다고 상상하는 쪽을 선택하고 싶었다.

그랬기 때문에 드디어 다른 세계에서 마중 온 것이라고 생각했다. 믿지 않았다면 이렇게 데리러 오지 않았을 것이다. 그리고 한편으로 언젠가 이날이 올 것이라고 알고 있었기 때문에 내가 결코 포기하지 않았는지도 모른다.

그렇다 해도 이런 이야기가 어른들 사이에서 오갔다는 사실은 처음 들었다. 이 부유한 할머니는 조선에서 살고 있으며, 그곳에는 아버지의 여동생, 즉 내 고모도 있다고 했다. 고모는 결혼했지만, 아이가 없었다. 아무리 시간이 흘러도 아이가 생기지 않아서 고모 부부는 내가 서너 살일 때부터 나를 거두겠다고 이야기했다는 모양이었다.

"이 아이를 멀리 조선까지 데려가는 것이니 결코 아무것도 부족하지 않게 하겠습니다. 필요한 것뿐 아니라 장난감이든 뭐든, 원하는 만큼 사줄 터이니 부디 걱정하지 마세요."

할머니의 말에 친척들도 동네 사람들도 눈물을 훔쳤다.

"후미코는 진짜 행복하겠구나."

"정말로, 다행이야… 이런 행복이 기다리고 있었다니."

어머니도 삼촌의 집에 와서 다른 사람들과 함께 기뻐했다. 할머니는 어머니와 삼촌에게 이렇게 약속했다.

"심상소학교●를 졸업하면 여학교로 보내고, 거기서 성적이 좋으면 여대에도 보내겠죠. 그 정도가 되면 조선에서는 감당할 수 없습니다. 도쿄의 대학교로 보낼 텐데, 그러면 언제든지 만날 수 있답니다."

여자대학교… 나는 가슴이 세게 뛰었다.

● 일제 강점기에 초등 교육을 담당하던 기관.

여학교뿐 아니라 더 높은 학교에도 보내준다는 말이었다.

꿈만 같았다. 아아, 나는 공부할 거야. 장난감 따위 필요 없어. 여대까지 보내준다는 할머니와 나를 양녀로 거둬주는 고모와 고모부를 위해 책을 많이 읽고 공부하자. 그러는 게 이 행복에 대한 보답이야. 나는 진심으로 그렇게 생각했다. 그렇게 생각하니 온몸이 바싹 긴장되는 듯했다.

할머니를 따라 조선으로 떠나는 날, 투명한 듯 맑고 푸른 하늘이 끝없이 펼쳐졌다. 며칠이나 계속 부슬부슬 내리던 비가 갑자기 뚝 그쳐서 날씨까지 내 여행을 축복하는 듯했다.

조금 쌀쌀한 아침이었지만 모두가 행복한 소녀의 출발을 축하해주었다. 소박하고 따뜻했던 삼촌과 이래저래 잘 챙겨 준 숙모와 조부모, 함께 놀았던 동네 아이들. 그들과 만나지 못하는 건 쓸쓸했지만, 그보다 훨씬 커다란 희망으로 내 가슴은 고동쳤다. 조선. 가본 적 없는 땅에서 새로운 생활이 나를 기다리고 있다. 이곳과는 다른 세계에 정말로 발을 딛는 것이었다.

미아는 책을 탁 덮었다. 후미코가 급작스레 행복해져서 김이 샜기 때문이다.

먼 옛날 머나먼 나라에서 살았던 소녀가 극심한 학대와 차별과 빈곤에서 벗어나면 좋겠다고 바랐다. 하지만 설마 이렇게 옛날이야기처럼 한 번의 횡재로 전부 바뀔 것이라고는 상상하지 않았다.

이래서야 시시하다고 생각했다. 애초에 외국에 사는 부유한 할머니 같은 사람이 존재했다니 후미코는 미아 같은 아이와 아예 달랐던 것이다.

미아는 어머니 쪽 할머니밖에 모른다. 할머니는 10대에 아이를 낳았고 그 무렵부터 알코올 의존증이었으며 미아의 어머니처럼 이 공영단지에서 싱글맘으로 살다가 간에 병이 들어 30대에 죽었다고 들었다. 미아는 갓난아기 때 할머니에게 안긴 적도 있다지만, 그런 일은 기억나지 않았다.

아버지와는 만난 적도 없고, 어디 있는지 살아 있는지 죽었는지조차 모른다. 그래서 당연히 아버지 쪽 조부모도 누군지 모른다. 어쩌면 피가 이어진 사람들과 함께 버스에 타거나 슈퍼마켓 계산대 앞에 나란히 줄섰을지 모르겠다고 생각할 때가 있다. 하지만 미아는 그들을 모르고 그들도 미아를 모른다. 그러니 그냥 남이나 마찬가지다.

아무리 괴로운 경험을 해도 가족과 친척이 많은 후미코는 행복한 것이다. 다른 곳에 맡겨진다 해도 어디를 가도 연락할 수 있고 서로 어떻게 지내는지 소식도 들려온다.

오히려 요즘 세상에는 누가 친척인지도 모른다. 그리고 만약 복지과가 아이를 부모에게서 데려가 위탁가정에 맡기거나 입양을 시키면 그걸로 끝이다. 뭔가 이래저래 법적인 규칙이 있어서 원래 가족은 맘대로 연락을 할 수 없게 된다고 동네 사람이 말해주었다.

이튿날 미아는 학교에서 후미코의 책을 읽지 않았다. 계속 읽을 마음이 들지 않았기 때문이다.

마지막 수업을 마치고 레일라와 함께 교실에서 나가는데, 갑자기 뒤에서 누군가 불렀다.

"미아, 잠깐만."

뒤돌아보니 윌이 쫓아오고 있었다.

"이거, 괜찮으면 한번 읽어봐."

윌은 클립으로 철한 종이들을 미아에게 건넸다.

"뭐야?"

"케이트 템페스트Kate Tempest라고 알아?"

"…."

"사실 지금은 논바이너리라고 커밍아웃하고 케이 템페스트Kae Tempest라고 개명했는데, 희곡이랑 소설도 쓰는 유명한 사람이야. 그 사람의 랩 가사를 뽑아왔어. 유튜브로 그 사람의 노래를 많이 들을 수 있어. 엄청나게, 아무튼 좋아. 링크를 메일로 보낼게."

월은 뭔가 결심한 듯 단숨에 술술 말했다.

레일라는 의미심장하게 싱글거리며 월과 미아의 얼굴을 번갈아 보았다. 창가 자리에서 일어나 이쪽으로 걸어오는 라그노르와 김도 뭔가 의미 있는 웃음을 짓고 있었다.

"나 스마트폰 없어."

미아의 답에 레일라가 말했다.

"갖고 있잖아."

레일라가 전에 미아에게 주었던 오래된 스마트폰을 말하는 것이다. 미아는 고쳐 말했다.

"있긴 있는데, 스마트폰 안 써."

"메일 주소는 있지?"

"만들긴 했는데, 전혀 안 써."

집에 컴퓨터가 없다고 미아는 말할 수 없었다. 몇 년 전에 초등학교 보호자 모임이 지역의 자선 단체와 협력하여 집에 컴퓨터가 없는 아이들에게 무료로 태블릿 PC를 대여해준 적이 있었다. 하지만 엄마가 맥주를 엎질러 고장이 났다. 수리를 받거나 새걸로 교환하려면 보호자 모임에서 서류를 받아 절차를 밟아야 한다는 말에 엄마는 귀찮아서 그대로 방치해두었다.

"나한테 메일을 보내도 소용없을 거야."

현실적인 문제로 메일을 볼 수단이 없었기 때문에 미아

는 그렇게 말했다.

그렇지만 사정을 모르는 사람이 들으면 몹시 무례한 거절 방식일 것이라고 생각했다. 그래서 일단 윌이 건네준 종이 뭉치는 받기로 했다.

"이건 받을게. 고마워."

미아는 윌이 준 종이 뭉치를 쥐고 레일라와 나란히 교실에서 나갔다. 레일라가 이상해하며 미아에게 물었다.

"왜 스마트폰을 안 써?"

"좀 귀찮아서. 연락이 닿으면 여기저기서 많은 사람이 쫓아오는 것처럼 정신없어질 것 같아."

"하지만 그러면 정보를 알 수 없잖아."

"정보라는 게, 꼭 그렇게 많이 알아야 하는 건가?"

미아는 나직이 중얼거렸다.

'우리는 가난해서 스마트폰도 컴퓨터도 정보도 못 사.'라고 정직하게 말하면 레일라와 윌과 라그노르와 김은 어떤 표정을 지을까. 적어도 더 이상 싱글거리지는 못할 것이고, 어색해져서 대화도 그대로 멈출 것이다. 분위기는 갑갑해지고 모두가 미아에게 마음 쓰기 시작할 것이다. 사실을 말하면, 더 이상 그들과 동등하게 이야기할 수 없게 된다. 미아는 입술을 꽉 깨물었다.

"요즘 미아는 좀 어때?"

거실 소파에 앉아서 스마트폰을 만지작거리는 이비에게 조이가 물어보았다.

"평소랑 같아… 미아네 집에 또 '소셜'이 왔지?"

이비는 고개도 들지 않고 답했다. 두 손에 홍차를 담은 머그잔을 들고 거실로 온 조이는 이비 앞에 잔을 하나 두고 자기 앞에도 잔을 내려놓은 뒤 털썩 소파에 앉았다.

"원래 미아네는 항상 지원을 받는 걸로 되어 있는데, 복지과가 일손이 부족하다고 오랫동안 방치했을 뿐이야. 내가 전화하지 않았으면 계속 그랬을 거야."

이비는 스마트폰을 탁자 위에 놓고 홍차를 마셨다.

"저기, 소셜이 진심으로 개입하면 어떻게 돼? 미아랑 찰리, 소셜이 뺏어 가는 거야?"

"제대로 사회복지사라고 해. 그리고 '뺏어 간다'니, 그런 말투는 잘못된 거니까 그만둬."

이 부근에 사는 사람들은 사회복지사소셜 워커, social worker를 '소셜social'이라고 줄여서 부른다. 또 '소셜'이 왔어, '소셜'한테 찍히지 않게 조심하자, 하는 말을 단지의 통로와 주차장에서 주고받는다. 그런 말투를 자신의 딸이 입에 담는 게 조이는 못마땅했다.

"복지과는 아이를 보호하는 거야. 뺏어 가는 게 아니라."

조이의 말에 이비는 '아, 네, 네.'라고 하듯이 어깨를 으쓱였다.

"그래도 요즘 미아네 엄마 얌전하잖아. 전처럼 큰 소리로 남자랑 싸우지 않고, 약에 취해서 고함치지도 않고."

"그래서 오히려 더 걱정돼. 집 안에 틀어박혀서 또 우울증이 심각해진 것 아닌가 하고."

"또?"

"미아네 엄마한테는 그런 과거가 있어."

조이는 그렇게 말하고 차를 마셨다. 오래전, 조이는 미아의 어머니와 친구가 되려고 한 적이 있다. 하지만 몇 번이나 배신을 당했다. 조이가 일을 나간 사이에 그가 집에서 돈을 훔쳐 갔을 때, 소용없는 노력은 그만두자고 결심했다.

그렇지만 그가 우울증에 걸려 약물 과다 복용으로 죽을 뻔한 일이나 자살을 시도한 적이 있는 것을 조이는 알고 있다. 시끄럽게 문제를 일으킬 때는 오히려 기운이 있는 것이다. 조용해졌을 때야말로 위험하다.

"그러고 보니까 윌이 미아를 엄청 마음에 들어해서 과감하게 접근하고 있어. 함께 랩을 만들고 싶다고."

이비는 그렇게 말하며 킥 웃었다.

"미아가 랩이라니, 하나도 안 어울리는데."

이비의 웃음이 마음에 걸린 조이는 딸을 타일렀다.

"랩은 패션이나 인종이나 겉모습으로 하는 음악이 아냐. 뭘 노래하는지가 중요하니까. 랩은 거리의 사람들이 쓰는 시니까 누구든 쓸 수 있어. 어울리거나 어울리지 않거나 하는 음악이 아냐."

"하지만 미아는 눈에 띄는 걸 좋아하지 않고, 랩을 하는 모습도 상상할 수 없어. 음악부에 들어간 것도 아니고."

"미아는 찰리가 있으니까 클럽 활동을 못 하는 거잖아. 너도 동생이 있었으면 비슷했을걸. 나는 일을 나가야 하고, 우리 집에 방과 후 돌봄을 맡길 돈은 없으니까."

자기도 모르게 목소리가 엄해진 걸 깨닫고 조이는 말을 멈췄다. 언제나 그렇다. 미아에 관해 이야기하다 보면 점점 이비를 꾸짖는 듯한 말투가 되어버린다.

이비가 식당에서 음식을 훔치는 미아를 보고 집에서 빵과 통조림 콩을 가져가려 한 것은 알고 있다. 이러니저러니 해도 어렸을 때는 가장 친한 친구였던 것이다. 이비는 어려운 상황에 처한 친구를 못 본 척하지 않는다.

그럼에도 불구하고 나이가 들수록 이비는 비웃듯이 거리를 두며 미아에 관해 이야기할 때가 많아졌다. 조이도 눈치채고 있었다. 그런 걸 생각하면 일종의 죄책감이 들었다.

"이런 단지에서 나갈 수 있는 사람이 되어라."라며 이비를 키운 것은 자신이기 때문이다. 정말로 단지에서 나갈 수 있는 인간이 된다는 것은 그런 뜻인지도 모른다. 이비는 미아와 그 가족들을 '이곳에 남는 사람들'로 보고 있다. 그래서 미아에게 따뜻한 마음을 주고 있지만, 그들을 바라보는 시선은 친구가 아닌 불쌍한 사람을 대하는 것이 되었다. 그리고 그 시선은 우연한 순간에 조소가 섞인 시선으로 바뀌기도 한다.

조이가 말없이 있는데 이비의 스마트폰 알림이 울렸다. 이비는 서둘러 새로운 메시지를 확인했다. 고개 숙인 딸의 길고 두꺼운 속눈썹을 보면서 조이는 이비가 자신의 마스카라를 사용하고 있는 것을 깨달았다.

7

가사의 전염

행복해진 후미코의 이야기를 읽고 싶지 않았고, 그 외에 빌려둔 책도 없었기 때문에 미아는 밤에 시간이 남아돌았다.

미아는 문득 떠올라서 가방 속에 들어 있던 하얀 종이 뭉치를 꺼냈다. 윌이 학교에서 건네준, 이름을 처음 들어본 래퍼가 쓴 가사들이었다. 왜 이렇게 많이 뽑아왔는지 알 수 없었지만, 읽어볼 만할 것 같았다.

그저 심심풀이로 읽기 시작했는데, 미아의 눈은 금세 가사에 사로잡혔다. 미아는 종이 뭉치를 탐독하고는 다시 처음부터 읽었다.

놀라웠다. 종이에 쓰여 있는 가사는 미아가 살고 있는 단지에서 일어난 일을, 여기서 살아가는 사람들의 일상을, 그야말로 진짜 아는 사람이 쓴 것이었다. 게다가 그런 내용을 갱스터 랩처럼 과격한 표현이 아니라 평범한 말들로 썼다는 것이 더욱 대단했다. 빈곤과 불법약물과 알코올을 화려하고 자극적인 소품으로 쓰지 않고, 그곳에서 살아가는 사람들의 일상 속에 있는 것으로 담담하게 묘사했다. 그리고 가장 놀라운 점은 자전적으로 가사를 쓰지 않고, 스토리를 구성하듯이 썼다는 것이었다. '나'가 아니라 '베키'라든가 '해리'라는 가공의 주인공을 등장시켜서 연극처럼 이야기를 들려주었다.

미아는 케이 템페스트가 이 가사들을 어떻게 랩으로 부르는지 너무 듣고 싶었다. 윌은 유튜브에서 볼 수 있다고 했지만, 미아의 집에서는 인터넷이 연결되지 않고 엄마의 휴대전화는 골동품 같은 기종이었다.

미아는 하는 수 없이 윌에게 받은 종이 뭉치의 첫 번째 장에 인쇄된 가사를 자기 나름 랩으로 불러보았다. 느낌이 꽤 좋은 듯해 몸을 흔들며 계속 랩을 했다. 자기도 모르게 목소리가 커졌는지 2층 침대 위에서 자던 찰리가 "으응." 하며 돌아누웠다.

미아는 허둥지둥 즉석 랩을 멈추고 숨을 죽였다. 찰리는 자다가 깨면 좀처럼 다시 잠들지 못하기 때문이다.

미아는 하얀 종이 뭉치를 다시 가방 속에 넣었다.

아직 졸리지는 않았다. 그러기는커녕 랩을 한 탓인지 머리가 완전히 맑아졌다. 미아는 다시 손을 뻗어 가방에서 후미코의 책을 꺼냈다. 시시한 책(후미코가 행복해지면서 미아의 머릿속에서는 이미 그저 그런 책으로 자리 잡았다)이라도 읽어야 졸음이 찾아들 것 같았다.

내가 일본에서 조선으로 출발한 것은 다이쇼라는 시대●가 시작된 해였다.

새로운 시대. 그것이 내 앞에 반짝반짝 빛을 내며 펼쳐질 터였다.

오랜 여행을 하는 동안 나는 계속 꿈이라도 꾸는 기분이었지만, 시간이 지날수록 할머니와 거리를 느끼게 되었다.

할머니는 시골에 있던 다른 할머니처럼 쭈그리고 앉아 내 머리를 쓰다듬어주지 않았고, 얼굴에 무언가 묻어도 손으로 닦아주지 않았다. 음식을 먹다가 내 입 주변이 더러워

● 일본의 123대 천황인 다이쇼가 다스린 시기로 1912~1926년을 가리킨다.

지면 경멸하는 듯한 눈초리로 바라보고는 스스로 처리하라는 듯이 자신의 입가를 손가락으로 가리켰다.

할머니는 필요한 것만 말한 다음 입을 다물었고, 대화를 이어가기 싫다는 분위기를 온몸으로 발산했다. 어찌나 냉랭한지 한 치의 틈도 없이 차려입은 생명 없는 인형 같았다.

혹시 할머니가 그려왔던 아이와 내가 다르기 때문일까?

할머니가 냉담한 인형이 될 때마다 내 속에는 불안이 커졌다.

그처럼 어색한 여행 끝에 드디어 우리는 조선에 도착했다. 고모 부부와 할머니가 사는 집은 부강이라는 마을에 있었다. 철길 북쪽의 '산의 손'이라고 불리는 고지에 자리 잡은 집은 낡아서 그리 부유한 느낌이 아니었지만, 집 안은 널찍했다.

처음 만난 고모는 늘씬하게 키가 컸고, 기품 있는 얼굴 생김새는 아버지와 조금 비슷했다. 고모 역시 할머니처럼 인형 같은 인상이었다. '잘 왔구나.'라며 안아주지도 않고, 손을 잡아주지도 않고, 꼼꼼히 나를 둘러보는 게 마치 품평을 하는 듯했다.

고모부는 말수가 적고 얌전한 사람이었다. 철도와 관련한 일을 했지만 기차 사고의 책임을 지고 사직했고, 그 뒤로는 시골에 틀어박혀서 유유자적하는 중이라고 했다.

조선에 도착하고 얼마 지나지 않아 집에 찾아온 여자가 나를 보고는 할머니에게 말했다.

"어머, 귀여운 아이네요."

할머니는 눈썹도 꿈쩍하지 않고 답했다.

"아, 아는 사람의 아이랍니다. 무척 가난하게 자란 탓인지 예의범절을 모르고 말투도 천박해서 제가 부끄러울 지경이지만요. 너무 불쌍해서 저희가 맡기로 했답니다."

아는 사람의 아이. 할머니는 나를 손녀라고 소개해주지 않았다. 말투도 천박하다니… 여행 중에 할머니와 나 사이의 거리가 점점 멀어진 이유를 알 것 같았다.

할머니는 사람들이 나를 손주로 보는 것을 수치스러워했다. 다른 사람들이 나에 관해 물어볼 때마다 할머니는 비슷하게 답했다. 그리고 내게도 할머니나 고모와 혈연이라는 사실을 절대로 남에게 이야기해서는 안 된다고 입단속했다.

"어린애인 너는 모르겠지만, 우리는 호적상으로 가족이 아니라 남이니까. 사실이 알려지면, 너도 네 부모도 모두 붉은 옷을 입어야 해."

붉은 옷을 입는다는 말이 교도소에 들어간다는 뜻이라는 것은 나도 알고 있었다. 나는 몹시 두려웠다. 앞으로 무서운 폭탄을 안고 생활해야 하는 것이었다. 그때부터 나는 누구에게도 사실을 말하지 않았다.

후미코의 앞날이 다시 불안해졌는데. 미아는 책장을 넘기던 손을 멈췄다.

이 할머니라는 사람 너무한 거 아닌가. 애초에 고모랑 고모부의 아이로 삼는다고 했으면서 할머니가 왜 이렇게 난리야. 가난하게 자라서 말투가 천박하니까 혈연으로 여기기 싫다니, 그런 점은 일본인과 영국인이 다르지 않았다.

미아도 자신의 발음이 중산층 아이들과 다른 것을 알고 있다. 레일라와 윌처럼 단어를 마지막까지 똑바로 발음하면서 천천히 말하는 아이들과 자기는 말하는 방식이 다르다. 미아는 그들처럼 입 안에 자두라도 머금은 듯이 둥그스름한 영어를 구사하지 못한다.

일부 아이들은 미아 같은 단지 아이들이 사용하는 영어를 멋지다고 여긴다. 라그노르와 김이 일부러 그런 말투를 쓰면 미아는 그저 흉내에 불과하다는 걸 바로 알아챈다. 영국에서는 태어나고 자란 동네와 직업에 따라 사람의 말투가 나뉘는 걸 '계급'이라고 부르는데, 일본에서도 그럴까. 아마 전 세계 어느 나라에서나 비슷할 것이라고 미아는 생각했다. 이 세상에 돈이 있는 한, 가진 사람과 못 가진 사람이 있는 건 만국 공통이니까.

그렇지만 이 단지에 살면서도 말투가 중산층 같은 사람이 가끔 있다. 예를 들어 이비가 그렇다. 이비가 중산층 말투를 쓰는 건 조이가 '엘러큐션elocution'이라는 발음 교정 수업을 받게 했기 때문이다. 이주민 집안의 아이 중에도 엘러큐션 레슨을 받는 아이가 있지만, 부모가 영국에서 나고 자란 아이 중에 발음 교정을 받은 건 이비밖에 없다. 조이도 표준적인 발음과 말투를 쓰긴 하지만, 이따금 자메이카 사투리가 섞이거나 공영단지의 말투를 쓸 때가 있다. 하지만 이비는 발음 교정을 따로 받은 덕분에 그야말로 완벽하게 중산층처럼 말한다.

"책을 많이 읽고, 여기와 다른 세계로 가렴."

미아와 이비가 어렸을 적에 조이는 종종 그렇게 말했다. 조이는 정말로 이비가 그럴 수 있도록 계속 준비시킨 것이다.

조이는 공영단지의 주민이 언제까지나 같은 세계—즉, 이 계급—에 머무르는 것을 바람직하게 여기지 않는다. 자신의 딸은 다른 세계로 가길 바라고 있다. 아마도 조이 자신은 그러지 못했기 때문일 것이다.

엄마는 어떨까? 미아는 생각했다. 그 사람은 여기에서 나가고 싶었던 적이 있을까?

미아는 오늘 부엌의 테이블 위에서 발견한 편지를 떠올렸다.

봉투가 열려 있어서 내용물을 꺼내 보았는데, NHS(국민보건 서비스)가 보낸 편지였다. 정신건강 분야가 전문인 사회복지사가 엄마를 만나러 와서 간단한 평가를 할 예정이라고 쓰여 있었다. 무엇을 평가하는 걸까.

이 사람에게 어떤 지원이 필요한가?

입원이 필요한가?

아이를 양육할 능력이 있는가?

복지과가 아이를 보호할 필요가 있는가?

편지 위쪽에 찍혀 있던 NHS의 파란색 로고가 머릿속에 불길하게 남았다. 복지과만 얽히면 그나마 다행이다. NHS까지 끼어들면 골치 아픈 일만 일어난다. 동네 아주머니는 항상 그렇게 말했다.

찰리가 갓난아이였던 무렵 엄마가 의존증 재활시설에 들어간 적이 있지만, 그때는 찰리의 아버지가 함께 살았기 때문에 미아는 당국의 보호를 받지 않았다. 조이도 가까이에 있었고, 그 무렵에는 조이가 미아의 어머니 역할을 했기 때문에 딱히 생활에 변화도 없었다.

그렇지만 지금은 다르다. 엄마가 이 집을 비우게 되면, 미아와 찰리 역시 이곳에 있을 수 없다. 이미 한참 전부터 어머니란 없는 셈이나 마찬가지라 집에 있든 없든 다를 게 없는데도, 공식적인 보호자가 없다는 이유로 아이들끼리 살아가게 놔두지 않는다. 어스름한 방의 창문으로 전등처럼 누런 빛을 내는 둥근 달이 보였다. 2층 침대 위에서는 새근새근하는 찰리의 숨소리가 규칙적으로 들렸다.

불안을 지워버리기 위해 미아는 다시 책을 펼쳤다.

이것저것 앞일을 상상하면 자꾸 나쁜 생각만 떠오르니 지금은 후미코의 이야기에 빠져 있는 편이 나았다.

조선에 도착하고 얼마 지나지 않아 나는 마을의 소학교에 편입했다. 아이들이 서른 명 정도 다니는 학교는 작은 단층 건물이었다. 할머니는 이렇게 말했다.

"후미, 잘 들어라. 가네코 같은 가난한 집안의 아이라면 공부를 못해도 별문제 없지만, 어쨌든 이제는 이와시타 가문의 아이로 학교에 들어가는 것이니, 내 말 명심하고 공부 열심히 해라. 우리보다 못한 집안의 아이에게 뒤처지거나 우리를 부끄럽게 하면, 바로 네 이름에서 이와시타를 떼어버릴 테니까."

이와시타는 고모부의 성씨였다. 할머니는 착실한 남자를 찾아 고모와 결혼시켰는데, 고모부를 데릴사위 삼아 자기 집안의 성을 따르게 하지 않고, 고모가 이와시타로 성을 바

꾸게 했다.[•]

할머니와 고모 부부는 넓은 정원에 있는 별채의 방 하나를 내 공부방으로 주었다. 학교에서 돌아오면 공부방에 들어가 한 시간 동안 복습하라고 했기에 나는 매일 시키는 대로 공부했다.

그렇지만 금세 어떤 사실을 깨달았다. 나는 열심히 공부하지 않아도 전부 이해해버린다는 것이었다. 제대로 학교에 다니지 않았고, 주위 어른들이 읽기 쓰기를 가르쳐준 적도 없는데, 6학년이 읽는 책을 봐도 금방 따분해졌다. 산수 역시 문제를 풀면서 단 한 번도 진지하게 고심한 적이 없었고, 선생님보다 먼저 암산으로 답을 말할 정도였다.

이미 이해하거나 기억하는 것을 몇 번씩 계속 복습하기는 지겨웠다. 나는 아홉 살짜리 어린애였던 것이다.

"할머니, 저 복습 같은 거 안 해도 괜찮아요."

이렇게 말해본 적이 있다. 그러자 할머니는 무섭게 눈을 치켜뜨며 답했다.

"우리는 가네코 같은 집안과 다르다. 그렇게 칠칠치 않은 짓은 용납 못 한다."

● 일본은 현재까지도 남녀가 결혼하면 여성이 남성을 따라 성을 바꾼다. 다만, 남성이 데릴사위가 될 경우에는 여성을 따라 성을 바꾼다.

"하지만 집에서 따로 공부 안 해도 학교에서 배우는 책은 벌써 전부 읽을 수 있어요. 저… 더 어려운, 재미있는 책을 읽게 해주면 안 돼요?"

"건방진 소리 하는 거 아니다. 책은 학교에서 읽는 걸로 충분해."

할머니는 무조건 나를 꾸짖었다.

평소처럼 공부방에 갇혀 할 일도 없던 나는 창가에 서서 격자창 너머 멀리 있는 나무들을 보았다. 넓은 채소밭이 있는 정원 안쪽에는 작은 잡목림이 있었다. 키가 비슷비슷한 나무들 사이로 딱 한 그루 큰 나무가 돌출되어 있었다. 가만히 그 나무를 바라보는데, 문득 영문도 알 수 없이 서글퍼져서 눈물이 흘러넘쳤다.

저 나무라고 자기만 커지고 싶어서 저렇게 된 것은 아니다. 다른 나무들 사이로 혼자 비쭉 솟아난 모습은 무척 보기 흉하고, 잡목림의 조화를 망치는지도 모르지만, 저 나무가 그러기를 바랐던 것은 아니다. 그런데도 저 나무는 왠지 송구한 듯이, 있어서는 안 되는 듯이, 고독하게 서 있다. 어딘가 다른 숲, 키 큰 나무가 많은 숲에 서 있었다면, 저렇게 슬퍼하지 않아도 됐을 텐데.

계속 감상에 젖어 있어봤자 어쩔 수 없기에 나는 책상 앞에 앉았다. 하지만 역시 금세 지겨워져서 종이를 접어 인형을 만들거나 방바닥에서 공놀이를 하기 시작했다. 그렇게 나는 책과 노트를 펼쳐서 공부하는 척하며 몰래 놀곤했다.

그러던 어느 날, 할머니가 갑자기 공부방에 들이닥쳤다. 나는 한창 놀고 있었기 때문에 호되게 혼났다. 그 뒤로 할머니는 이따금씩 예고 없이 공부방에 왔다. 그때마다 나는 놀거나 하염없이 창밖을 보고 있었다. 머지않아 할머니는 나를 혼내는 것조차 하지 않았고, 마침내 공부방과 공부 시간을 없애버렸다.

그것이 무엇을 의미하는지 5학년이 되자 알 수 있었다. 나는 학교에서 성적이 우수했고, 4학년을 마치면서 우등상도 받았다. 하지만 5학년에 올라가니 왠지 출석부에 내 이름이 가네코 후미코로 쓰여 있었다.

겨우 반년 만에 나는 이와시타라는 성씨를 붙여서는 안되는 아이가 되어버린 것이다. 공부라면 누구보다 잘했고, 할머니와 고모를 창피하게 한 기억도 없었다. 그랬는데 나도 모르는 사이에 이와시타의 가족이 아니게 되었다.

할머니와 고모가 원했던 건 정말로 공부를 잘하는 아이가 아니었다. 저 잡목림의 나무들처럼 다른 나무들과 키가 비슷하되 아주 조금 예쁜 잎이 달린 나무를 원했을 뿐이다.

"케이 템페스트 영상 봤어?"

미아가 교정에 있는 느릅나무 아래의 벤치에 앉아 책을 읽는데, 레일라가 말을 걸었다.

"유명해진 다음에 논바이너리라고 밝히고 이름을 바꾸다니 용기가 대단해. 케이트였던 시절부터 우리는 남들과 달라도 된다고 계속 노래해왔으니까 자기도 그렇게 한 거야. 이 사람 뭔가 엄청 멋진 거 같아."

레일라는 그렇게 말하며 미아에게 이어폰을 건네주었다.

미아는 둥그스름하고 하얀 이어폰을 귀에 넣어보았다. 레일라는 유튜브에서 영상을 재생하더니 아이폰을 미아에게 주었다.

풍성하고 약간 곱슬인 긴 금발에 눈동자가 하늘색인 여성이 화면에 보였다. 겉모습만 보아서는 그다지 '다른 사람' 같지 않았다. 후미코처럼 표현하면 '잡목림의 나무들' 사이에 묻혀 있을 듯한, 어디에나 있을 법한 사람이었다.

"이 사람이 케이 템페스트?"

미아가 물어보자 레일라가 답해주었다.

"이건 케이트 시절이야. 지금은 머리를 남자애처럼 짧게 잘랐는데, 엄청 귀여워."

케이트 시절의 케이 템페스트는 키보드 연주에 맞춰서 시를 낭독했다. 시의 낭독, 미아의 눈에는 그렇게만 보였다. 미아가 상상하는 래퍼처럼 몸을 흔들며 춤추지도 않았고, 앞으로 몸을 내밀며 관객에게 자신을 과시하는 듯한 도전적인 느낌도 없었다. 조용하고 담담한 공연이었다.

이 나라가 조각조각 갈라지고 있어, 이것저것 전부 실패투성이인 코미디가 되고 있어, 돈 걱정에 일자리에 온갖 일에 짓눌릴 것 같지만, 당장이라도 무너질 것 같지만, 친구들 모두에게 웃어 보여, 방구석의 침대에 드러누워 잠들지 못하는 사람, 울면서 역에 서 있는 사람…

가사의 내용이 단편적으로 귓속에 날아들었고, 미아에게 익숙한 풍경이 차례차례 머릿속에 떠올랐다.

"아름답다…."

왠지 미아의 눈동자에 따스한 물이 차올랐다.

"그렇지? 이 사람은 나도 좀 대단하다고 생각해. 이런 랩은 처음 들어봐. 텔레비전 같은 데는 안 나오니까 나도 월이 가사를 가져오기 전에는 몰랐지만."

"고마워."

곡이 끝났고, 미아는 이어폰을 빼서 레일라에게 돌려주려 했다.

"한 곡 더 들어볼래?"

레일라가 권했지만 미아는 고개를 가로저었다. 아이폰의 시계가 슬슬 다음 수업 시간을 가리키고 있었기 때문이다. 사회복지사나 NHS가 집안에 개입할 때를 대비해서 지각 등 나쁜 기록이 남는 일은 피하고 싶었다.

"뭐랄까, 나는 전부터 랩 같은 걸 좋아하지 않았거든. 저 사람들 뭘 쿨한 척하냐는 생각밖에 안 들었는데, 이 사람은 좋아."

교실로 걷기 시작한 미아를 따라 걸으면서 레일라가 말했다.

"나는 춤을 추거나 음악을 듣다 보면 '아, 이거다.' 하는 느낌이 들 때가 있어. 뭐가 '이거'인지, 뭘 의미하는지는 모르지만. 그래도 '아아, 이거. 겨우 이거랑 만났어.' 하는 순간이 있어. 기묘하단 말이야. 템페스트의 랩에도 그게 있어."

"…"

"대체 '이거'란 뭘까?"

"…아마 여기와 다른 세계를 가리키는 게 아닐까?"

"어?"

"아마 '이거다.'라고 느꼈던 순간에만 우리가 여기와 다른 세계로 갔던 게 아닐까."

"…다른 세계라니, 그게 어디야?"

"몰라. 모르지만, 그곳은 여기가 아닌 세계고, 내가 원래 있어야 하는 장소라고 할까. 가본 적 없지만 왠지 아는 장소…."

미아는 그렇게 답하다 말을 머뭇거렸다.

그 모르지만 왠지 아는 장소에 한순간 갈 수 있으니까 마치 잊어버렸던 곳을 떠올리듯이 '아아, 이거다.'라고 직감하는 것 아닐까.

방금 전 영상을 보고, 미아는 분명히 그런 기분이 들었다. 그 래퍼가 들려준 말은 미아를 그 장소로 데려갔다. 그래서 눈에 따뜻한 물이 흘러넘쳤던 것 같다.

말에는, 그런 힘이 있다.

나도 내 현실을, 누구에게도 말하지 못하는 사실을 말하고 싶어. 템페스트의 랩처럼. 미아는 그러기를 강하게 바랐다.

이튿날, 마지막 수업을 마치고 여느 때처럼 사물함에서 짐을 꺼낸 월이 빙글 뒤로 돌아서는데, 느닷없이 눈앞에 미아가 서 있었다.

"으앗, 미아. 무슨 일이야?"

좀 무서울 만큼 날카로운 눈빛을 한 미아는 노트에서 찢어낸 종이 뭉치를 월에게 들이밀며 말했다.

"읽어줄래? 내 가사."

"어?"

"템페스트의 랩 영상을 보니까 쓰고 싶어져서 단숨에 썼어."

범상치 않은 진지함에 압도된 윌은 종이 뭉치를 건네받았다. 그 두께는 얼마 전 미아에게 주었던 템페스트의 가사 못지않았다.

"이거 전부 쓴 거야?"

"전에 쓰다 만 적이 있는데, 기억하는 것도 몇 개 있어서 덤으로 넣어두었어."

"…대단해. 가사가 이렇게 많다니."

윌은 눈을 빛내며 팔락팔락 종이를 넘겼다.

"여기서 읽는 건 그만두지?"

미아의 강한 말투에 윌은 고개를 들었다.

"아니… 좀 부끄러우니까 지금은 읽지 마."

미아의 얼굴에서 방금 전까지 있었던 매서움이 사라졌고, 기분 탓인지 볼이 발그스레했다. 미아를 본 윌까지 왠지 당황해서 잘못하면 가사가 쓰인 종이를 떨어뜨릴 뻔했다.

"그, 그래. 그럼 지금은 안 볼게."

"그럼 갈게…."

미아는 그렇게 말하고는 뒤로 돌아서 복도 반대편에서 기다리고 있는 레일라에게 다가갔다. 두 사람은 나란히 건물 출입구로 걷기 시작했다.

월은 종이 뭉치를 꽉 쥐고 한동안 멍하니 서 있었다.

지금 무슨 일이 일어난 것인지 좀 믿기 힘들었다. 미아가 먼저 가사를 가져다주다니. 그것도 이렇게 많이….

불현듯 음악부실에 이걸 가져가 읽으면 누군가 볼 것 같다는 생각이 들었다. 그러면 무척 아까울 듯했다. 무엇이 아까운지는 잘 모르겠지만, 꼭 혼자서 읽고 싶었다.

월은 두리번두리번 주위를 살펴보고 선생님이 없는 걸 확인한 다음 가방 뒤로 숨기듯이 스마트폰을 꺼내 김에게 메시지를 보냈다.

"급한 일이 생겨서 먼저 간다. 새로운 곡의 트랙은 내일 들려줄게."

그리고 미아가 자신에게 맡긴 말들을 소중히 가방 속에 넣고 허겁지겁 집으로 돌아갔다.

집에 가자마자 월은 자기 방으로 들어가 미아의 가사를 읽었다. 다 읽고 멍해져서 침대에 누워 천장을 올려다보았다.

어떤 말로도 지금 이 기분을 따라잡지 못할 것 같았다.

미아가 볼펜으로 쓴 것은 래퍼보다는 스포큰 워드spoken word• 아티스트의 말 같았다. 짧은 이야기 같은 것부터 10대

• '말로 쓰는 시'라고 할 수 있는데, 단순히 시를 낭독하는 것에서 나아가 즉흥적으로 문장을 지어내며 말하거나 음악과 함께 랩처럼 운율을 두드러지게 하며 낭독하는 등 다양한 방식으로 펼치는 구두 예술을 가리킨다.

여자아이들의 수다에, 텔레비전 뉴스의 아나운서가 공영단지에서 일어난 사건을 담담하게 보도하는 것까지 있었다. 전부 문학적이었다.

월이 건네준 케이 템페스트의 가사를 미아가 꼼꼼히 읽은 것은 틀림없었다. 하지만 자기만의 생각일지 몰라도 미아의 가사는 케이 템페스트 이상이라는 생각이 들었다.

미아는, 대단해.

가장 대단한 점은 김이 쓰는 가사처럼 지은이와 말이 서로 떨어져 있지 않다는 것이다. 김은 래퍼를 연기하기 위해 가사를 쓰지만, 미아는 자기 자신의 말로 가사를 썼다. 어떤 가사도 1인칭으로 쓰이지는 않았는데, 전부 미아 자신의 말이었다.

그 때문일 것이다. 미아의 가사를 읽고 있으면 마음이 강하게 뒤흔들렸다. 읽는 쪽도 결코 무사할 수 없는, 그런 말들.

월은 하아, 하고 한숨을 내쉬었다.

여자아이를 생각할 때는 두근두근하고 즐거워지게 마련인 줄 알았다. 적어도 지금까지는 계속 그랬다. 하지만 미아를 생각하면 월은 애달픈 듯 슬픈 기분이 들었다. 마치 매서운 겨울날의 바다 같은 빛을 띤 미아의 눈동자가 마음속에 그대로 비치는 것처럼.

워워, 뭘 이렇게 감상적이 된 거야. 윌은 그렇게 생각하며 침대에서 일어나 컴퓨터 앞에 앉았다. 책상 위에 대충 놓아 둔 헤드폰을 쓰고 미아의 가사를 랩으로 만들기 위한 드럼 비트를 생각하기 시작했다.

8

아이라는   감옥
이름의

지금쯤 윌은 내가 쓴 가사를 읽고 있을까.

엉망진창이라고, 쓸 만한 게 없다고 생각할지도 모른다. 함께 음악을 하자고 섣불리 제안한 걸 엄청 후회하고 있지는 않을까. 너무 처참해서 다음에 만났을 때 어떻게 말하면 좋을지 몰라 골머리를 앓고 있을지도 모른다.

그런 걸 생각하니 미아는 진정할 수가 없었다. 부끄러움에 애가 타서 의자에서 일어나 집 안을 이리저리 서성이는데 찰리가 말을 걸었다.

"누나, 왜 그래?"

찰리의 말에 정신을 차린 미아는 다시 부엌 테이블의 의자에 앉았다.

"오늘은 누나가 집중을 안 하네."

찰리가 재미있어하며 웃었다. 숙제를 봐줄 때마다 미아가 "집중해."라며 찰리를 혼냈기 때문이다.

이렇게 안절부절못할 거였으면 월에게 가사 따위 주는 게 아니었다고 미아는 생각했다. 어제 템페스트의 영상에 감동해 가사 같은 걸 쓰고 싶어서 밤늦게까지 노트에 글을 휘갈겨 썼다. 여태껏 학교에서 유인물 뒷면에 낙서하거나 방에서 두서없이 끄적였던 말이 템페스트의 영상처럼 랩이 된다면… 상상만 해도 가슴이 뜨거워졌다. 사람이 노래하여 음악이 되는 말은 종이에 쓰는 말과 달리 살아서 움직이기 때문이다.

종이 위에 가만히 있던 내 말도 랩이 되면 움직이기 시작할지 몰라. 어쩌면 월이 내 말을 살아 숨 쉬게 해줄지 몰라.

언제나 교실에서 눈에 띄는 월이 교실에 있든 없든 아무도 신경 안 쓰는 맨 뒷자리의 미아와 레일라에게 템페스트의 존재를 알려준 것도 무언가를 상징하는 듯했다. 좀처럼 일어나지 않는 일이기 때문이다. 후미코의 책을 양보받은 날, 언제나 미아의 앞에서 닫혀 있었던 도서관의 엘리베이터가 활짝 열린 것처럼. 그 일들은 틀림없이 서로 연결되어 있다.

그런 생각을 하며 뜨거운 가슴이 이끄는 대로 월에게 가사를 불쑥 건네버렸는데, 생각해볼수록 경솔했다. 실제로 쓴 걸 읽어보니 별 볼 일 없다고 윌이 실망할지도 모르고, 애초에 충동적으로 쓴 개인적인 글을 남에게 보이다니 경망한 행동이었다.

이튿날 아침이 되어도 기분은 나아지지 않았고 미아는 몹시 괴로워하며 학교에 갔다. 그런데 윌이 웬일로 결석이었다. 솔직히, 미아는 안도했다. 자신이 저지른 행동이 후회되었고, 가능하면 윌과 만나고 싶지 않았다.

윌이 결석한 덕분에 학교에서는 마음 편히 하루를 보낼 수 있었다. 하지만 평소대로 찰리를 데리고 집에 돌아가 보니, 모르는 사람이 부엌에 앉아 있었다.

짧은 머리의 그 여성은 새카만 머리카락 중간중간을 산뜻한 초록색으로 염색하고 있었다. 가늘고 긴 목에는 지방자치단체의 로고가 들어간 신분증이 걸려 있었다. '소셜'이다.

"처음 인사드려요. 저는 레이철. 그레이엄을 이어서 여러분을 담당하게 되었어요."

아직 어린 듯한 염색 머리 여성이 말했다. 전임이었던 그레이엄은 안경을 쓴 성실해 보이는 아저씨로 맨날 보풀투성이인 네이비블루 플리스를 입고 있었다. 그레이엄은 아동복지과의 사회복지사였으니, 이 여자도 같은 과에서 나왔을 것이다.

미아는 부엌 입구 부근에 경계하듯이 자세를 잡고 서서 찰리가 멘 가방 위쪽을 꼭 잡았다.

"안녕하세요, 미아예요."

미아는 먼저 인사한 다음 찰리에게도 인사를 시켰다.

"찰리, 인사는?"

"안녕하세요, 처음 봬요."

찰리는 쭈뼛쭈뼛 미아의 스커트 옆으로 얼굴을 내밀며 말했다.

"학교는 어땠어? 좋은 하루였어?"

레이철은 익숙한 말투로 질문하고는 미아와 찰리를 번갈 아 보았다.

"네."

미아는 빈 의자에 찰리를 앉히고 그 옆에 섰다.

"너도 앉지 그러니?"

엄마가 말했지만 미아는 고개를 가로저었다. 모르는 사 람이 집에 왔을 때, 미아가 바로 손 닿는 위치에 있지 않으 면 찰리는 무서워한다. 맨날 방에만 틀어박혀 있는 엄마는 모르겠지만, 미아는 동생을 잘 안다.

"매일 함께 등교하고, 함께 하교하는 거야? 사이가 좋네."

레이철은 미아의 손가락을 꼭 쥐고 있는 찰리의 오른손 을 보고 있었다. 저런 직종에 있는 사람들은 이쪽의 사정을 잘 알고 있다. 문제는, 그들이 **아는 것 이상**을 멋대로 상상해서 단정할 때가 있다는 점이다.

"학교는 좋아하니?"

"네."

미아가 질문에 곧장 답하자 찰리 역시 고개를 숙인 채 끄덕였다.

"좀 있으면 겨울방학인데, 이대로 가면 두 사람 다 이번 학기에 개근상이라고."

레이철은 그렇게 말하며 찰리 쪽을 보았다. 이 사람, 벌써 학교에도 연락을 했어. 미아는 신중하게 표정과 말을 고르기로 했다.

"저도 찰리도 성적이 좋지는 않아서 그것밖에는 받을 만한 상이 없어요."

조금 부끄러워하는 성격 좋은 아이의 표정을 지으며 미아는 말했다. 이런 사람들이 어떤 태도를 좋아하는지 미아는 잘 알고 있었다. 학교를 절대 빠지지 않은 것도, 아무리 시간이 걸려도 찰리에게 반드시 숙제를 하도록 시킨 것도, 저 사람들에게 끼어들 여지를 주지 않기 위해서였다.

"개근상이야말로 가장 받기 어려운 상이라고 생각하는데. 자랑스럽게 생각해야 해."

레이철은 그렇게 말하고는 베이지색 숄더백에서 서류와

필통을 꺼냈다.

"이제 나는 없어도 되지."

엄마가 천천히 일어나 부엌에서 나갔다. 지금부터 무엇을 하는지 미아는 알고 있었다. 자녀 평가라는 것이다. 여느 때와 같은 질문을 받았다. 답하는 요령은 이미 전부 알고 있었다.

"함께 있어도 될까요? 찰리는 낯가림이 정말 심해서 제가 없으면 공황에 빠지거든요."

"당연하지."

레이철은 빙긋 웃었다. 콧방울에서 피어스가 반짝였다. 이런 사회복지사도 있구나 싶었다.

레이철이 돌아간 다음에 찰리는 몇 번이나 미아에게 물어보았다.

"그 사람 소셜이야? 우리를 어디로 데려가는 거야?"

"그럴 일은 없어. 그 사람들은 가끔 상태를 보러 와서 이야기를 하고 돌아갈 뿐이야."

"정말로 우리 아무 데도 안 가는 거지?"

"누구한테 무슨 얘기를 들었는지 몰라도, 우리는 어디도 안 가."

숙제를 도와줄 때도, 밥 먹을 때도, 잠자리에 들며 책을 읽어줄 때도, 찰리는 같은 질문을 했다. 찰리는 일단 무언가 신경이 쓰이면 계속 거기에 사로잡혀 벗어나지 못한다. 이런 날은 야뇨증이 도질 수 있기 때문에 미아는 찰리의 시트 아래에 비닐시트와 수건을 깔아두었다.

좀처럼 잠들지 못하던 찰리가 간신히 잠에 빠지자 미아는 2층 침대의 아래층으로 내려가 엎드려 누웠다. 정신이 맑았다. 레이철의 질문과 그에 대해 답한 것을 일일이 돌이켜보았다. 그 답들로 괜찮았을까, 그 사람은 그걸 어떻게 서류에 써넣을까, 미아는 신경 쓰였다. 이제 와서 어쩔 수 없지만 바꾸고 싶은 답이 몇 가지 있었다.

"미아는 잘하고 있어. 여태껏 정말 잘해왔고, 지금도 잘한다고 감탄하고 있어요."

레이철이 돌아가면서 미아에게 한 말이 머릿속에 새겨져 지워지지 않았다.

얼핏 들으면 평범한 위로 같은 말. 하지만 그 말을 하는 레이철의 눈이 잊히지 않았다. 전혀 웃지 않고, 꿰뚫듯이 미아를 바라보던 초록색 눈. 나는 다 알아. 이렇게 말하는 듯했다.

미아는 고개를 저으며 찰리의 불안이 자기에게도 전염되었나 생각했다. 그리고 침대 위에 엎어두었던 책을 잡았다. 후미코도 점점 피할 곳 없는 상황에 빠져들고 있었다.

공부방을 빼앗기고 이와시타라는 성도 댈 수 없게 된 나는 더 이상 양녀가 아니라 하녀 취급을 받았다. 학교에서 돌아오면 청소와 취사 등 집안일을 해야 했고, 휴일이나 명절에도 머슴처럼 일을 시켰다.

그 일은 내가 열세 살을 앞두고 있던 설날에 일어났다. 이와시타가의 사람들은 식탁에 둘러앉아 떡국을 먹고 있었다. 그런데 갑자기 할머니가 쓰던 젓가락이 뚝 부러졌다.

"정초부터 재수가 없네. 후미! 너, 나를 저주해서 죽일 셈이었냐. 그런 짓을 하면 어떻게 될지 알고 있겠지."

"죄송해요. 부러질 줄은 전혀 몰랐는데…"

나는 사죄했지만, 할머니는 듣지 않았다.

어쩔 줄 몰라 가만히 서 있는데, 할머니는 내게 평소처럼 벌을 내렸다. 집 밖으로 내쫓은 것이다.

저녁이 되자 바깥 기온이 영하로 떨어지며 점점 추워졌다. 더 이상 몸에 감각도 없었고, 귓속에서는 윙윙하고 이상한 소리가 났다. 인간의 몸은 견딜 수 없는 환경에 놓이면 자연스레 닫히게 만들어진 모양이다. 온몸의 피부가 딱딱하게 굳었고, 손발은 힘없이 저렸으며, 저절로 눈이 감겼다. 이대로 나라는 존재가 닫히고 두 번 다시 열리지 않는 걸까 생각하는데, 집 안으로 들어오라는 말이 들렸다.

그런 일은 그때뿐 아니라 몇 번이나 있었다. 심할 때는 할머니가 일부러 내가 실수하도록 일을 꾸미거나 자기가 저지른 걸 내가 했다고 우기며 벌을 주기도 했다.

"이제 절대 이런 짓은 안 하겠다고 할머님께 맹세합니다."

할머니는 내게 그런 말을 시키는 걸 좋아했다.

정말로 아이에게 책임이라는 개념을 가르칠 생각이라면, 아이의 행동을 어른이 정하고, 아이에게 그대로 따르겠다고 맹세를 받아서는 안 된다. 아이가 하는 행동의 책임은 아이 자신에게 있다. 그것을 앗아버리면 아이는 자신이 하는 행위의 주체가 누구인지 알 수 없게 된다. 자신이 누구로서 살아가는 것인지 모르게 된다.

실제로 나는 책임을 지는 인간이 되기는커녕 점점 비굴한 거짓말쟁이가 되었다. 접시 한 장을 깨도, 쓰던 빗의 살을 하나 부러뜨려도, 언제 할머니에게 말할까 괴로워하며 깨진 접시를 찾기 힘든 곳에 숨기거나 부러진 빗살을 몰래 밥알로 붙여놓고 시치미를 뗐다. 내 기분은 언제나 어둡고 침울했다. 들키면 어떡하지 하고, 아무것도 안 했을 때조차 겁먹고 벌벌 떨며 할머니에게 혼나지 않기 위해 살았다.

할머니는, 내게서 나를 빼앗았던 것이다.

아이라는 이름의 감옥. 나는 그 속에서 살았다.

아이라는 이름의 감옥. 그건 우리 같은 아이에게도 있다고 미아는 생각했다.

소셜에게 끌려가지 않도록 항상 벌벌 떨며 살아가야 한다. 그러다 혹시라도 보호를 당하게 되면, 어느 도시의 시설이나 위탁가정에 맡겨질지 알 수 없다. 형제자매라도 뿔뿔이 흩어진다.

레이철이라는 새로운 소셜에 관해 조이에게 물어보자. 카울리즈 카페에는 아동복지과의 소셜들이 종종 드나든다. 이주민을 위한 영어 교실이나 한 부모를 대상으로 하는 모닝커피 모임 등이 열리는 곳이라서 소셜이 담당하는 가족과 함께 자주 오곤 한다.

그래서 카페에서 오랫동안 자원봉사를 한 조이는 잘 아는 소셜이 많았다. 미아의 어머니 일로 복지과에 전화하자 바로 누군가 보러 온 것도 그 때문일 것이다.

"어머, 어서 와."

무거운 목제 문을 열고 카울리즈 카페 안에 들어가자 카운터에 서 있던 조이가 미아와 찰리를 알아보고 인사했다.

미아의 눈은 조이가 아니라 카운터를 사이에 두고 조이와 마주 서 있던 남자에게 고정되었다.

"헬로."

미아는 놀라서 조이가 아니라 마르크스 수염을 한 아저씨를 보며 말했다.

"헬로."

그는 미아를 기억하지 못하는지, 예의 바르게 붙임성 좋은 웃음을 지으며 인사를 받았다. 카운터에서 조이가 나와 찰리를 끌어안았다.

"저기, 저 기억하세요? 얼마 전에 주빌리 도서관에서 저한테 책을 주셨는데요."

아저씨는 조금 생각하는 표정으로 미아를 보다가 말했다.

"아, 혹시 그때, 후미코의 책을…"

"맞아요. 그때 책을 주셔서 감사합니다."

"아니, 내가 준 건 아니야. 그건 도서관의 책이니까."

아저씨는 쑥스러운 듯이 머리를 북북 긁적였다.

"그 책, 재미있니?"

아저씨는 미아 쪽으로 돌아서며 물었다.

"네, 계속 읽고 있어요."

"무슨 책 얘기야?"

조이가 아저씨와 미아의 얼굴을 번갈아 보며 물었다.

"약 100년 전에 세상을 떠난 일본의 여성 아나키스트가 쓴 자서전이에요."

"아나키스트?"

조이가 목소리를 높였다.

"아니, 아나키스트라고 해도 그 사람이 정치 활동을 하는 이야기는 아니고, 어느 쪽이냐면 어린 시절의 이야기라고 할까, 성장하는 게 중심인데."

아저씨가 조이에게 설명하는데, 옆에서 미아가 말했다.

"요즘 영국이랑 비슷한 부분이 많아요."

"그래?"

"어른이 어린아이를 대하는 태도 같은 게요. 후미코의 마음을 이해할 수 있는 부분이 정말 많아요."

수염이 덥수룩한 아저씨는 미소를 지으며 미아의 얼굴을 바라보았다.

"마지막까지 읽었니?"

"아뇨, 아직."

"점점 재미있어질 거야. 후미코는 아무리 주위에서 억압해도, 감옥에 갇혀도, 다른 세계가 있다고 끝까지 믿은 보기 드문 사람이었거든. 오랫동안 후미코는 내게 히로인, 아니, 히어로였어."

"저, 하나 질문해도 될까요?"

미아의 물음에 아저씨는 "물론."이라고 답했다.

"왜 그때 저 같은 여자아이가 읽으면 재미있을 책이라고 하셨어요?"

아저씨는 오른손으로 커다란 턱수염의 가운데를 만지작거리며 중얼거렸다.

"그런 말을 했던가?"

"네."

"…많은 것들에서 해방되었기 때문에 그랬겠지. 나는 젊은 사람들이 좀더 해방되는 게 좋다고 생각해. '어쩔 수 없다'고 포기하지 말고, 다른 세계가 있다고 믿으면 그 세계가 실현될 수 있거든. 모든 책이 그런 건 아닌데, 몇몇 책은 그런 일에 도움이 돼. 후미코의 책은 그중 한 권이고."

미아는 아저씨의 말을 들으면서 다른 세계를 믿는 건 과연 어떤 일일까 생각했다.

"누나, 저쪽 자리 비었어."

찰리가 미아를 올려다보며 말했다. 이미 감자튀김을 산더미처럼 쌓은 종이접시를 양손에 들고 있었다.

"감자튀김만? 채소랑 고기도 먹어야지."

미아는 그렇게 말하며 카운터에 놓인 요리들을 보았다. 오늘은 카레에 처트니에 필라우 라이스가 있는 걸 보니 인도 요리의 날 같았다.

"치킨카레도 먹어볼래? 덜어줄게."

조이가 권했지만 찰리는 고개를 저었다. 찰리는 먹어본

적 없는 음식에 절대로 손대지 않는다. 그래서 먹을 수 있는 음식이 다섯 손가락으로 꼽을 수 있을 만큼 적다.

"그럼, 동생을 자리로 데려갈게요."

미아는 아저씨에게 말하고는 찰리의 등을 밀며 벽 쪽 테이블로 걸어갔다. 테이블 위에 냅킨과 포크를 놓고 찰리를 앉힌 다음 카운터 쪽을 보았는데, 수염이 덥수룩한 아저씨는 이미 문 옆으로 이동해서 누군가와 즐겁게 이야기를 나누고 있었다.

미아는 카운터로 가서 자기가 먹을 요리를 종이접시에 담고 테이블로 돌아가 찰리의 맞은편에 앉았다. 한동안 둘이서 식사를 했는데, 조이가 테이블로 찾아왔다.

"찰리, 디저트가 나왔어. 얼른 가서 가져와."

자리에서 일어난 찰리와 함께 카운터로 돌아가려는 조이에게 미아가 말을 걸었다.

"새로운 사회복지사가 집에 왔어요. 레이철 카민스키라고 머리를 여기저기 초록색으로 염색한 사람인데, 아세요?"

"어? 레이철이 너희 담당이 되었어? 알고말고…."

조이는 말하다가 잠시 멈추더니 다시 입을 열었다.

"아직 사회복지사가 된 지 얼마 되지는 않았는데, 무척 열심히 하는 사람이야. 젊으니까 너와도 말이 잘 통할 거 같고. 무슨 일이든 상담해봐."

"여기 자주 오는 사람이에요?"

"가끔 담당하는 가족과 함께 와."

조이는 말하면서 카운터 쪽을 슬쩍 보았다.

"이따가 카운터에 들러. 음식을 따로 싸줄 테니까."

조이는 그 말을 남기고 돌아갔다.

마르크스 수염 아저씨는 또 카운터 앞에 서서 종이접시에 음식을 덜고 있었다. 이번에는 아저씨 옆에 또 다른 수염이 덥수룩한 남자가 서서 무언가 대화하는 중이었다. 똑같이 덥수룩해도 새롭게 나타난 사람은 멀끔하게 꾸민 힙스터 같은 남성으로 숄더백을 어깨부터 허리까지 비스듬하게 메고 머리에는 세련된 니트 모자를 쓰고 있었다.

미아는 어딘가에서 그 남자를 본 것 같아 눈을 뗄 수 없었다. 수염이 하관을 뒤덮고 있어 얼굴이 잘 보이지 않았지만, 커다랗고 둥근 눈이 낯익었다. 틀림없이 미아가 아는 두 눈이었다. 신경 쓰여서 기억을 더듬어보았지만, 갑자기 머리에 안개가 끼는 것처럼 그 너머에 있는 것이 사라졌다.

이마 한가운데가 뻣뻣해지면서 통증이 느껴졌다. 힙스터 수염 남성이 마르크스 수염 아저씨의 어깨를 두드리며 웃었다. 새된 웃음소리가 이상하게 듣기 싫었다. 미아는 왠지 기분이 무거워져서 눈을 돌렸다.

9

서로 공명하다

"미아, 안녕."

교실 앞 복도에 있던 미아는 누군가 뒤에서 부르는 소리에 돌아보았다.

어제까지 감기로 학교를 쉬었던 윌이 상쾌한 얼굴로 서 있었다.

윌이 바지 주머니에서 작은 MP3 플레이어와 이어폰을 꺼내 미아에게 내밀었다.

"이게 뭐야?"

"시간이 남아서 트랙을 몇 곡 만들어봤어."

"뭐?"

"네 가사가 너무 멋져서 바로 곡을 만들고 싶더라고."

"…"

미아는 MP3 플레이어와 이어폰을 받았다. 생각지 못한 전개에 놀라서 그냥 주는 대로 두 손을 벌렸다.

"랩을 하는 목소리는 나라서 이상할 수도 있는데, 그건 좀 봐줘."

월은 자꾸 눈을 내리깔며 부끄러운 듯이 말하고는 그대로 가려 했다.

"자, 잠깐, 이 플레이어랑 이어폰…"

미아가 말을 걸자 월이 돌아보았다.

"아, 그거 우리 집에 있던 건데 아무도 안 쓰니까 신경 쓰지 말고 갖고 있어도 돼."

"…고마워."

조금 수줍게 웃는 월에게 미아는 물어보았다.

"감기는 이제 괜찮아?"

"응, 열이 잘 내려가지 않더라고."

"초등학교에서 유행하고 있다니까."

"그랬구나. 루이가 지난주에 열이 나서 결석했는데, 나도 옮았나 봐. 찰리는 괜찮아?"

"응, 그래도 요 며칠 기침을 해서 좀 걱정이야…"

대화가 자연스럽게 이어졌다. 하지만 미아는 가장 궁금

한 것을 묻지 못했다.

내 가사, 어땠어?

어떤 가사가 제일 좋았어?

가장 별로인 건 뭐였어?

"시를 낭독하는 것처럼, 좀 비트를 억누르는 곡도 만들어 봤어. 들어보면 알 것 같은데."

마치 미아의 속내를 읽은 듯이 월이 다시 가사로 화제를 돌렸다.

"케이 템페스트처럼?"

"응, 바로 그렇게. 별로 랩 같지 않은 것도 섞여 있어."

"…재미있겠다."

"정말 그렇게 생각해?"

월의 얼굴이 환하게 밝아졌다. 그러다 자기 표정을 깨달았는지 이내 냉정한 얼굴로 돌아갔다.

"아무튼 들어봐줘."

월은 그 말을 남기고 바로 앞으로 걸어갔다.

미아가 자신의 가사가 어땠는지 궁금해도 묻지 못한 것처럼 월 역시 미아가 자신의 트랙을 어떻게 들어줄지 걱정하는지도 모른다.

아마 그런 감상은 말로 전달할 수 없을 것이다. 월이 미아의 가사를 읽고 어떻게 느꼈는지 그가 만든 트랙 속에 표현되어 있을 것이다.

지금 당장 월의 트랙을 듣고 싶었다. 첫 번째 수업인 수학 담당 교사는 교실 맨 뒤에 앉은 학생 따위 신경 쓰지 않는 사람이라 마음먹으면 들을 수 있다. 하지만 만에 하나 교사가 플레이어를 뺏어가면 곤란하다. 미아의 플레이어도 아니었고, 무엇보다 이걸 빼앗기면 월이 만든 트랙을 들을 방법이 없었다.

미아는 욕구를 억누르며 MP3 플레이어와 이어폰을 가방에 넣고, 역시 평소처럼 후미코의 책을 읽기로 했다.

앞쪽을 보니 화이트보드에 쓰인 수식을 열심히 보고 있는 월의 뒷모습이 눈에 띄었다.

친구. 그것은 조선에서 할머니와 함께 살던 시절의 내게 꿈꿔서는 안 되는 존재였다.

내가 집에서 하녀처럼 혹사당한다는 사실은 동네 사람들뿐 아니라 아이들도 알고 있었다. 그래서 아무도 내게 같이 놀자고 하지 않게 되었다. 나는 항상 외톨이로 지냈다.

그렇지만 나도 학교에 있는 동안에는 할머니와 고모의 지배를 받지 않았다. 5학년에 올라갔을 때, 학교에 다미라는 얌전한 여자아이가 편입했다. 내가 다미에게 마음이 끌린 것은 보는 사람이 절로 미소를 지을 수밖에 없는 사랑스러운 용모이면서도 어딘가 쓸쓸한 듯한 텅 빈 그늘이 그 아이에게 있었기 때문이다. 내가 항상 보고 있었기 때문인지 다미도 내 존재를 알아챘고, 학교에 관한 일이나 산수와 읽기 등 수업에서 모르는 걸 내게 물어보게 되었다. 우리는 금세 자매처럼 사이가 좋아졌다.

그것은 우정이라기보다 애정에 가까운 감정이었는지도 모른다. 집에서는 누구도 나를 사랑해주지 않았고 친구도 없었다. 그런 내 앞에 작고 귀여운 여자아이가 나타나 동생처럼 나를 좋아하며 따라다닌 것이었다.

일본에서 동생들과 억지로 헤어졌을 때, 내가 몸이 찢기는 듯이 괴로웠던 것은 그들이 내게 사랑할 수 있는 대상이었기 때문이다. 누군가를 소중히 여기고, 감싸고, 부드럽게 지켜주고 싶은 감정. 어른들이 내게 그런 감정을 준 적은 없었지만, 나 자신은 그 감정을 지니고 있었다. 지나치게 많이 지니고 있었다. 감정을 쏟을 대상이 생기자 그 감정이 되살아났다. 사랑이 되살아나자, 나도 되살아났다.

다미와 내게는 닮은 점이 있었다. 둘 다 부모가 아니라 조부모가 키워주고 있다는 점이 같았다. 다미는 어릴 적에 아버지가 돌아가셨고, 어머니도 그때 본가로 돌아갔다고 했다.

그 뒤로는 나막신과 문구 장사를 하는 조부모가 다미를 길렀다. 그래도 다미는 조부모에게 무척 사랑을 받았다. 다미는 몸이 약해서 툭하면 감기에 걸려 학교를 쉬었는데, 나는 학교를 오가다 이따금씩 몰래 다미의 병문안을 갔다.

다미의 할머니는 무척 성격이 좋은 분으로 항상 과자와 문방구를 주며 나를 예뻐해주었다. 몇 번인가는 이런 사람이 내 할머니였다면 얼마나 좋았을까 하고 집에 돌아가다 울기도 했다.

머지않아 내가 늦게 귀가하는 날이 있는 걸 눈치챘는지 할머니와 고모 부부는 더욱 엄격해졌다. 내가 단 5분이라도 딴 길로 새는 걸 봐주지 않았다. 그래도 어쩌다 학교가 빨리 끝나면 조금 딴 길로 샐 수 있었지만, 들키면 정말 큰일을 당했다.

"그만큼 말해도 모르면, 알아듣게 해야겠네."

할머니는 그렇게 말하고는 고모와 함께 둘이서 나를 벌했다. 자로 때리거나 나막신으로 걷어찬 것이다.

그들은 내가 학교를 그만두게 하려고도 했다. 어느 날 고모부가 "이걸 학교에 가지고 가라."라면서 봉투를 주었다.

"얼마나 나쁜 짓을 했는지는 모르지만, 너를 퇴학시키라고 쓰여 있구나."

편지를 읽은 선생님이 내게 말했다.

머리 위로 세계 전체가 무너져내리는 듯했다.

"하지만 뭐, 걱정할 거 없다. 퇴학은 아니고 조금 학교를 쉬게 해달라는 걸 테니까. 한동안은 집에서 어른들 말씀 잘 들으면서 얌전히 참고 지내렴."

선생님의 침착한 말투에서 이미 그 집 사람들과 선생님 사이에 이야기가 오간 것이 빤히 보였다. "얼마나 나쁜 짓을 했는지"라고 선생님은 말했지만, 친구를 사귀었다는 것 말고는 아무것도 떠오르지 않았다.

책장을 왔다 갔다 하며 거기까지 읽고 미아는 포기하듯이 책을 덮었다. 두통이 나서 정신이 산만한 탓에 책에 집중할 수 없었다.

어젯밤에도 그랬다. 카울리즈 카페에서 돌아오는 버스 안에서도 미아는 이마 한가운데가 쪼개지듯이 아팠고 집에 두통약이 없어서 밤에도 잠을 설쳤다.

양손으로 이마를 누르고 멍하니 있는 사이에 수업이 끝났다. 왠지 오늘은 이상했다. 교사의 목소리와 같은 반 아이들의 웅성거림이 어딘가 멀리서 일어나는 일처럼 들렸다. 기침도 나와서 혹시 나도 감기에 걸린 걸까 미아는 생각했다.

2교시가 끝나고 쉬는 시간, 레일라가 과자를 사러 간 사이에 미아는 여느 때처럼 홀로 느릅나무 아래에 서서 윌이 준 트랙을 들어보았다.

상상했던 것과 전혀 다르게 부드러운 음색의 약한 비트가 흘러나와서 깜짝 놀랐다.

칠아웃chill-out● 같다고 할까, 달콤한 사운드에 힘을 뺀 멋스러운 랩이었다. 윌의 목소리라서 그러기도 할 텐데, 자신이 쓴 가사로 들리지 않았다. 호들갑일지 모르지만, 1파운드 숍이나 슈퍼마켓에서 들을 수 있는 유행곡과 비교해도 뒤떨어지지 않는 듯했다.

윌은 사실 대단할지도 모르겠네.

가만히 듣고 있는데, 왠지 가슴 근처가 따뜻해졌다.

미아의 가사를 읽고 무언가를 느낀 윌은 그 감정에서 떠오르는 풍경과 어울리는 리듬을 찾고 시행착오 끝에 가사를 돋보이게 하는 음색을 골라 하나의 곡으로 만들어냈다. 윌은 미아의 말을 곡의 중심에 두었다. 그게 잘 전해졌다. 그리고 그 작업을 하기 위해 윌이 미아의 가사를 여러 번 곱씹으며 읽었다는 걸 분명히 알 수 있었다.

● 느린 박자와 편안한 분위기가 특징인 일렉트로닉 음악을 가리킨다. 본래는 나이트클럽 등에서 잠시 쉬려는 사람들을 위해 만들어진 잔잔한 음악이었으나 점차 널리 퍼져 나가며 고유한 장르가 되었다.

지금껏 미아의 말을 누군가 이런 식으로 귀 기울여 들어준 적은 한 번도 없었다. 엄마도 친구도 선생님도 들어주지 않았다.

이건, 따뜻한 음악이야.

이 기분을 전해야만 한다고 생각했다. 그래서 다음 교실로 걸어가다 월을 발견했을 때 미아는 정신없이 월을 쫓아가서 말을 걸었다.

"저기… 저, 오늘 아침에 준 거 쉬는 시간에 들었는데, 전부 좋아. 정말 좋아."

월은 깜짝 놀란 듯 돌아보며 미아의 얼굴을 보았다.

"고마워."

월과 미아는 거의 동시에 고음과 저음으로 화음을 맞추듯이 서로에게 감사를 전했다.

"아하하하."

월은 소리 내어 웃었다. 미아까지 따라서 웃고 싶어지는 미소였다.

"어느 곡이 가장 좋았어?"

"세 번째."

"오, 그렇지. 나도 그게 야심작이야."

세 번째 곡은 칠아웃 계통의 곡들과 달리 강한 비트로 긴박감을 주는 트랙을 따라 월이 경쾌하게 랩을 하는 곡이었다. 제목은 「양손에 토카레프●」다.

월이 만든 트랙과 미아가 쓴 가사가 그 곡에서 서로 공명하는 것처럼 들렸다.

공명할 수 있는 사람을 친구라고 부르는 걸까.

후미코와 다미도 공명할 수 있었기 때문에 친구가 되었을 것이다. 그것은 후미코의 가족이 질투하여 금지할 만큼 좋은 것이었다.

그날은 집에 돌아간 뒤에도 계속 머릿속에 안개가 낀 듯했고, 간헐적으로 두통이 찾아왔다. 후미코와 다미의 우정이 어떻게 되었는지 궁금했지만, 좀처럼 머리에 글자가 들어오지 않아서 책을 읽을 수 없었다.

부엌 테이블에 책을 펼치고 한숨을 내쉬는데, 눈이 번쩍 뜨일 만큼 큰 소리가 났다. 미아는 책에서 고개를 들었다. 무슨 일인가 봤더니 부엌 바닥 위에 콩과 토마토 스파게티의 통조림이 굴러다녔고, 깨진 그릇의 파편이 흩어져 있었다.

"미안해."

찰리가 어쩔 줄 모르며 의자 위에 서서 찬장 문고리를 잡고 있었다.

● 1930년에 소련에서 개발된 자동 권총으로 정식 명칭은 TT-30이지만, 설계자인 표도르 토카레프의 이름에서 따와 '토카레프 권총'이라고 흔히 불린다.

171

"뭐야? 뭐가 먹고 싶었어? 나한테 말하지."

미아는 의자에서 일어나 바닥에 널브러진 통조림을 주웠다.

"책 읽고 있어서."

"그런 거 신경 쓰지 마. 뭘 꺼내려고 했어?"

"빈즈 온 토스트●가 먹고 싶어서…."

미아는 개수대 아래의 찬장에서 빗자루와 쓰레받기를 꺼내 바닥에 흩어진 그릇 파편을 쓸어 담았다.

바닥을 깨끗이 청소하고 선반에 통조림도 줄지어 정리했다. 그러고는 토스터에 식빵을 넣고 작은 냄비에 통조림 콩을 데워서 찰리를 위해 빈즈 온 토스트를 만들었다.

찰리는 식탁에 앉아 게걸스레 음식을 먹었다. 맞은편 의자에 앉아 그 모습을 보는데, 갑자기 포크와 나이프를 들고 빈즈 온 토스트를 먹는 검은 후드를 뒤집어쓴 젊은 남자가 보였다.

"먹어. 배고프잖아?"

그렇게 말하며 미아를 보는 검정 후드 아래의 둥글고 커다란 눈.

'어?' 놀란 미아는 눈을 깜박이며 정신을 차리고 다시 한

● 토스트 위에 통조림 콩을 얹어서 먹는 요리. 영국에서는 흔히 먹는 가정식이다.

번 보았다. 맞은편에 앉아 있는 사람은 찰리였다.

대체 무슨 일이지? 책을 너무 봐서 눈에 피로가 쌓였나.

미아는 후미코의 책을 꽉 쥐고 침실로 갔다. 침대 위에 책을 던지고 바닥에 있는 가방을 손에 잡았다. 그리고 가방을 무릎 위에 둔 채 잠시 멍하니 있었다. 아까 본 건 대체 뭐였지?

실은, 아까만 그런 게 아니다. 요즘 들어 이상한 목소리가 들리거나 기묘한 것이 보이곤 했다. 아니, 사실 요즘에만 그런 게 아닐지도 모른다. 아주 오래전부터 그랬다. 그게 최근에 빈번해졌을 뿐이다.

또다시 이마 한가운데가 세게 당기며 욱신욱신 아팠다. 지금껏 느껴본 적 없는 통증이었다.

미아는 잠시 몸을 웅크린 채 양손으로 이마를 짚고 있다가, 힘차게 고개를 들고 가방에서 MP3 플레이어와 이어폰을 찾았다. 그리고 거의 필사적으로 간신히 이어폰을 귓속에 넣고 플레이어의 전원을 켰다.

마치 윌이 만든 따뜻한 음색의 트랙이 미아를 치유해주는 듯했다. 극심했던 통증이 잦아들다 조금씩 사라졌다. 불가사의한 현상이었다.

엄청 잘 듣는 두통약 같은 트랙.

이런 감상을 윌에게 말하면 어떤 표정을 지을까.

트랙이 두통을 흡수하는 것만 같았다. 월의 음악과 미아의 말이 공명하는 동안 상대방에게 통증이 전해졌고, 그렇게 나누어 가짐으로써 통증이 천천히 가라앉았다.

미아는 담요 위에 던져둔 책을 다시 잡았다.

마음을 공명할 수 있는 친구와 겨우 만난 후미코가 앞으로 어떻게 될지, 궁금해서 참을 수 없었기 때문이다.

몇 달 동안 집에서 갇혀 지낸 나는 선생님이 말한 대로 다시 학교에 다닐 수 있게 되었다.

어느새 아이라는 이름을 가진 다미의 여동생도 학교에 다니고 있었다. 나는 세 자매의 장녀처럼 아이도 돌봤다.

그런데 2학기가 시작되고 얼마 지나지 않아 다미가 감기에 걸려 학교를 쉬었고, 머지않아 감기가 악화되어 폐렴이 되었다고 했다. 하굣길에 병문안을 갔지만 다미는 날이 갈수록 야위었다. 피곤하게 하지 않으려고 한동안 병문안을 가지 않았다.

그러다 다미가 뇌막염에 걸렸다는 소식을 아이가 전해주었고, 나는 안절부절못한 끝에 다시 한 번 다미를 만나러 갔다.

다미는 이미 절반은 이승에 없는 사람처럼 창백한 얼굴로 이불 속에 누워 멍하니 천장을 보고 있었다. 의사는 더이상 손쓸 수 없다는 듯이 고개를 가로저었다. 다미의 조부모님은 이불 옆에 앉아 머리를 푹 숙였다.

다미의 몸은 이틀 후 화장터에서 불태워졌다. 그로부터 한 달 동안, 내가 울지 않은 날은 없었다. 겐과 하루코도 억지로 헤어졌지만, 그 아이들은 어딘가에 아직 살아 있었다. 하지만 다미는 이제 이 세상에 존재하지 않았다. 어디를 찾아도 다미는 없는 것이다.

"이런 데 있었어?"

운동장 구석의 나무 아래에 혼자 서 있는데, 아이가 다가왔다.

"애들 있는 데로 돌아가자. 무슨 생각을 했어?"

"네 언니 생각."

웃고 있던 아이의 표정이 어두워졌다.

"있잖아. 내가 저번에 가져다준 거 봤어?"

갑작스레 아이가 물어보았다.

"어? 가져다주다니, 어디로?"

"몰라?"

아이는 고개를 갸웃하더니 내 눈을 보면서 말을 이었다.

"얼마 전에 갖다줬잖아, 언니의 반짇고리. 바로 얼마 전에

산 새건데, 할머니가 언니의 유품으로 주라고 했거든. 그래서 집에 갖다줬는데."

다미의 반짇고리라면 나도 기억하고 있었다. 검게 칠하고 금색으로 무늬를 그려 넣은 아름다운 반짇고리. 그렇게 훌륭한 물건을 내게 준 다미 할머님의 마음 씀씀이가 무척 기뻤다. 그런데 나는 받았다는 것조차 몰랐다. 하지만 사실을 말하면 아이가 실망할 듯해서 거짓말을 했다.

"아아, 그거… 정말 고마워."

나는 의아한 듯이 이쪽을 바라보는 아이의 손을 붙잡고 말했다.

"자, 가자. 애들이랑 같이 놀자."

다미의 반짇고리는 어디로 간 걸까. 서랍 정리와 방 청소를 핑계로 나는 집 안에서 다미의 반짇고리를 찾았다. 할머니가 그렇게 잘 만들어진 새 반짇고리를 버렸을 것 같지는 않았다. 나는 어떡해서든 그 상자가 보고 싶었다. 그러면 다시 한 번 그리운 다미를 만날 수 있을 것 같았으니까.

그렇지만 몇 달이 지나도 다미의 반짇고리는 찾지 못했다. 그러던 어느 날, 할머니의 방을 청소하다가 옷장과 벽 사이에 종잇조각 같은 게 끼어 있는 걸 발견했다. 자를 써서 꺼내 보니, 그것은 어린아이의 필체로 쓰인 편지였다.

사다코. 발송인에 이름이 쓰여 있었다. 내가 조선에 오기 전에 이 집에서 잠시 양녀로 살았던 여자아이의 이름이었다.

그 편지에 쓰여 있는 내용은 나를 어두운 늪의 바닥으로 떨어뜨렸다.

사다코라는 그 소녀가 다시 이와시타 가의 뒤를 잇는 것으로 결정되어 있었기 때문이다. 그 편지에는 할머니가 사다코에게 보낸 갖가지 선물에 대한 감사가 쓰여 있었다.

모든 일을 이해할 수 있었다. 나는 정말 하녀로 강등되었던 것이고, 고모 부부의 양녀는 다른 곳에서 아름다운 옷을 입고 마땅한 교육을 받으며 쑥쑥 성장하고 있었던 것이다.

절망과 분노로 배 속이 확 뜨거워졌고, 목구멍 속에서 검붉은 화염이 튀어나올 것 같았다. 내 몸의 중심에서 사나운 용이 눈뜬 모양이었다.

"웃기지 마!"라고 용이 날뛰었다. 할머니와 고모 부부가 누구를 양녀로 삼든, 뭘 선물하든, 그런 건 아무래도 상관없다.

그렇지만 다미의 반짇고리까지 선물로 보낸 것만은 용서할 수 없었다. 사다코가 정중하게 감사를 전하기 위해 하나하나 언급한 선물 목록 중에 검게 칠하고 금색 그림이 그려진 반짇고리가 있었던 것이다.

다미가 살아온 날들과 다미 할머니의 마음이 구둣발로 사정없이 짓밟힌 듯했다. 얼굴이 뜨겁게 달아올랐고, 입을 열면 불을 뿜어 이 집을 태워버릴 것 같았다. 나는 이제 용이었다.

나는 사다코의 편지를 손에 쥐고, 대자로 바닥에 드러누웠다.

창백한 얼굴로 천장을 바라보던 다미의 옆얼굴이 떠올랐다. 나는 붉은 화염을 내뿜는 대신, 눈에서 미적지근한 액체를 바닥으로 떨어뜨렸다.

미아는 책을 덮고 침대에서 일어났다.

무슨 짓을 하는 거야, 이 할망구! 미아가 용이 되어 입에서 불을 뿜을 판이었다. 미아의 마음에 후미코의 분노와 슬픔이 옮은 듯했다.

검게 여물어라 뾰족한 체리
빨갛고 둥근 열매가 아니라
붉은 피 따위 흘릴까 보냐 이제 와서
상처에서 검은 액체가 독성 내뿜으며 왈칵 분출
그걸 값비싼 자동차 유리창에 뿌리고
놈들은 길가의 체리에 흙탕물을 튀기고

체리는 열받아 호화로운 자동차를 뒤쫓아
양손으로 총을 겨누고 섰다
두 자루 총을 겨누고 섰다

미아는 자신이 쓴 가사 중 하나를 생각나는 대로 입 밖
에 내보냈다. 후미코도 체리라고 생각했기 때문이다. 미아도
후미코도 블랙 체리다.

가족과 공동체의 골칫거리를 영어로는 블랙 시프black
sheep라고 한다. 우리는 거기 있는데도 없는 사람 취급을 받
아온 블랙 체리. 나무에서 땅바닥으로 떨어지고 찌부러져
피를 흘려도 누구도 신경 쓰지 않는 체리. 그래서 후미코의
말에 미아의 감정이 공명한 것이다. 공명해서 후미코의 감정
이 미아의 말로 바뀌었다.

검정 토카레프 지금까지 숨겨왔다
방아쇠에 손가락 언제든 당길 수 있다
상처받았다니 말해봤자 소용없어
왠지 태어났어 그게 이미 서바이벌
체리의 마미는 인간이길 포기하고 이미 죽었다
피투성이 붉은 타일의 욕실에 말없이 서 있다
조금 더 울거나 화낼 수도 있잖아

양손으로 총을 겨누고 일어서

자신의 총을 겨누고 일어서

노래하고 싶었다. 미아는 그때껏 이런 충동을 느껴본 적
이 없었다. 이건 사나운 욕망이었다. 점점 목구멍 속에서 말
이 튀어나왔다.

미아는 침실 한가운데 서서 몸을 흔들며, 양손을 펼치거
나 주먹을 쥐고 복서처럼 허공을 때리면서 월의 트랙에 맞
춰 랩을 했다.

들어주길 바랐다. 미아는 그때껏 이런 충동을 느껴본 적
이 없었다. 왜 마음이 이런지 알 수 없었다. 지금까지 누구
에게도 자신의 마음 따위 읽어달라고도, 들어달라고도 바
란 적은 없었다.

어차피 배신할 테니까.

조이가 위탁부모가 될 수 없다고 했듯이. 이비가 미아와
친구 사이라는 걸 다른 사람들에게 알리기 싫어서 교실에
서는 메시지를 적은 종잇조각으로만 말을 걸듯이.

그렇지만 월은 다르다. 월은 당당하게 교실에서 미아에게
말을 걸어주었다. 대등한 입장에서 누가 봐도 상관없다는
태도로 이 트랙을 건네주었다. 그래서 나도 대등한 입장에
서 월에게 내 랩을 들려주고 싶다.

미아는 레일라가 준 스마트폰을 찾았다. 스마트폰은 서랍장 구석에 처박혀 있었다. 미아는 스마트폰을 잡고 얼굴 옆에 수평으로 든 다음, 자신의 랩을 녹음했다.

"오 마이 갓… 랩도 할 줄 알잖아, 미아!"

월은 음악부실에서 헤드폰을 쓴 채 소리쳤다. 미아는 힐끗 월의 얼굴을 보고 웃으면서 부끄러운 듯 머리를 숙였다.

눈앞에서 자기 노래를 들려주는 건 아무래도 힘들 듯해서 스마트폰만 건네주고 바로 돌아갈 셈이었다. 하지만 생각해보니 스마트폰을 남한테 주고 그냥 가는 건 이상한 행동이었고, 그 정도로 부끄러워하는 것도 쿨하지 않은 듯싶었다.

그리고 무엇보다 미아는 더 이상 그 시간을 참고 기다릴 수 없었다. 월이 어떻게 생각할까 상상하며 불안해하거나 초조해하는 시간. 어차피 들려줄 것이라면 눈앞에서 월의 반응을 보고 싶었다. 설령 실망해도, 무슨 말을 해야 할까 동정하는 눈으로 봐도, 틀려먹었다면 그 자리에서 확실히 상처받고 싶었다.

그래서 미아는 방과 후에 월의 뒤를 쫓아가 음악부실에서 녹음한 랩을 들려준 것이다.

"랩이기는 해?"

"당연하지! 좋은데! 나는 어휘력이 달려서 말로는 잘 못하겠는데, 아무튼 엄청 좋아!"

월의 목소리가 너무 커진 탓에 음악부실 구석에서 컴퓨터를 켜던 상급생이 돌아보았다. 월은 어깨를 움츠리며 목소리를 낮추고는 미아를 보고 말했다.

"글만 잘 쓰는 게 아니라 랩도 할 줄 아니까, 미아한테는 재능이 있어."

"뭐?"

"미아는 정말 재능이 있어. 나는 전부터 알았지만."

월은 그렇게 말하고는 미아를 보고 눈부시게 웃었다.

한동안 미아의 랩을 듣던 월은 헤드폰을 벗고 진지한 표정으로 말했다.

"들려줘서, 고마워."

너무 솔직한 감사에 미아는 당황했다.

"자기 곡이나 노래를 다른 사람한테 들려주려면 엄청 용기가 필요해. 그러니까 고마워."

월의 악의 없는 미소를 보고 있으니, 무언가 답을 해줘야 할 듯했다. 하지만 적당한 말이 떠오르지 않았다. 미아는 월처럼 솔직하게 생각을 말할 줄 몰랐기 때문이다.

"이 가사는 정말 진짜real야. 그게 대단해."

월이 말했다.

진짜 real.

그 말이 묘하게 미아의 마음에 꽂혔다. 그건 중산층 사람들이 미아 같은 환경에서 살아가는 인간의 생활을 가리키며 쓰는 말이라는 걸 알고 있었기 때문이다. 진짜 빈곤, 진짜 밑바닥, 진짜 공영단지. 윌은 그 말을 쓰는 데 아무런 망설임이 없는 듯했다.

미아는 말없이 윌이 자신의 가사를 계속 칭찬하는 걸 들었다. 그건 지난 일주일 동안 미아가 가장 듣고 싶어했던 말이었다.

하지만 이제 더 이상 그렇게 생각하지 않게 되었다.

10

너를   해줘
돕게

그날, 미아와 찰리가 집에 돌아오니 사회복지사 두 명이 거실에 앉아 있었다. 한 사람은 얼마 전에 왔던 레이철이라는 아동복지과의 사회복지사였고, 다른 한 사람은 긴 빨간 머리카락을 풍성하게 파마한 중년 여성으로 처음 보는 사회복지사였다.

"안녕."

미아와 찰리가 거실에 들어가자 두 사람은 소파에서 일어났다.

"처음 만나죠. 나는 메리. 어머님을 담당하고 있어요."

빨간 머리의 여성이 인사했다.

"안녕하세요. 미아예요."

미아는 그렇게 인사하고 찰리의 등을 가볍게 찔렀다.

"아, 안녕하세요."

미아의 스커트를 한 손으로 꽉 잡은 찰리가 인사했다.

"엄마는 어디?"

미아가 두 사람에게 질문했다.

"침실요. 오늘은 여기저기 다녀서 지쳤기 때문에 어머님은 침대에 누워 계세요. 저희는 여러분과 이야기를 조금 하고 싶어서 돌아오는 걸 기다리고 있었고요."

레이철이 답했다.

"부엌에서 간식 먹고 와. 찬장에 감자칩이 있으니까."

미아의 말에 찰리는 눈을 위쪽으로 뜨고 두 사회복지사와 미아의 얼굴을 교대로 본 다음 살짝 고개를 끄덕이고 부엌으로 갔다.

"오늘 어머니는 아침부터 무척 바쁘셨어."

빨간 머리의 사회복지사가 미소 지으며 말했다. 미아가 의자에 앉자 레이철과 빨간 머리 사회복지사도 소파에 다시 앉았다.

"아침에는 병원에 가서 앞으로 시작할 치료의 설명을 듣고 치료사도 만나고, 오후에는 오아시스 센터에 가서 요가와 원예 수업을 견학하고…"

오아시스 센터는 알코올과 약물 의존증에서 회복하는 여성들을 지원하는 자선 시설이다. 미아는 어렸을 때부터 몇 번이나 끌려가서 보았기 때문에 알고 있었다. 그곳의 어린이집에 맡겨진 적도 있었다.

"오아시스 센터는 어머니들을 위한 자조 프로그램을 진행하고 있어요. NHS의 병원에서 치료를 받으면서 센터의 자조 모임에 참가하는 걸 어머니가 동의하셨고요."

빨간 머리 사회복지사의 설명을 듣지 않아도 미아는 그에 대해 잘 알고 있었다. 엄마가 대체 몇 번이나 같은 일을 해왔던가. 이 사람들은 알고 있을까.

"프로그램은 언제부터 시작하나요?"

"다음 주부터요."

"하지만 곧 크리스마스인데요."

"오아시스 센터는 크리스마스이브부터 26일까지 사흘 동안만 쉬어요. 그러니까 지금 시작해도 문제는 없을 거예요."

빨간 머리 소셜이 말하자 옆에 앉아 있던 레이철도 끼어들었다.

"그래서 학교가 크리스마스 전후로 쉬는 동안의 일을 이야기하고 싶은데. 너도 찰리도 이제 커서 오아시스 센터의 어린이집을 이용할 수는 없지만, 어머니가 센터에 가 있는 동안 돌봐줄 어른을 파견해주는 자선 단체가 있어."

"저도 이제 중학생이라서 그런 서비스 필요 없어요."

미아는 단호하게 말했다.

"아니, 네가 아니라 찰리의 돌봄. 너는 항상 동생을 돌보고 있고, 너 자신도 어린데 동생의 케어러carer• 같은 역할을 하고 있잖니. 조금 휴식이 필요하다고 생각해. 레스파이트 케어respite care•• 서비스를 받으면 찰리와 함께 영화를 보러 가거나 식사하러 가주는 자원봉사자가 파견돼. 너는 자원봉사자와 함께 다녀도 되고, 아니면 네 친구와 놀아도 되고."

레스파이트 케어.

그 말이 이상하게 걸렸다. 그러고 보니 그런 걸 하는 사람이 오래전 집에 드나들었던 적이 있었다.

갑자기 기묘한 광경이 머릿속에 떠올랐다. 미아의 심장 고동이 급격히 빨라졌다.

"그럼 사람, 필요 없어요."

미아는 강한 말투로 거절했다. 거의 발작하듯이 튀어나온 말이었다.

"하지만…."

• 간병인으로 번역되기도 하지만, 더욱 폭넓게 '돌봄을 행하는 사람'을 뜻하기도 한다.
•• 돌봄이 필요한 환자, 노인, 영유아 등을 가족 대신 임시로 보살펴주는 제도를 가리킨다.

"찰리는 제가 돌봐요. 아무도 필요 없어요!"

미아의 큰 목소리에 놀란 레이철이 말했다.

"그래, 그렇게 말할 정도면 억지로 서비스를 받을 필요는
없는데…."

"어머니가 일주일에 세 번은 프로그램 때문에 센터에 가
고, 그 외에도 이런저런 활동에 참가하게 되면 집을 비울 때
가 많아질 거야."

빨간 머리 소셜도 말했다.

평소랑 똑같잖아. 미아는 생각했다. 엄마는 집에 있어도
없는 것이나 마찬가지니 새삼 무언가 변하지는 않는다.

레스파이트 케어' 따위 절대로 필요 없어.

사회복지사들이 돌아간 뒤, 미아가 부엌에서 식사 준비
를 시작하는데 엄마가 휘적휘적 침실에서 나오더니 냉장고
에서 페트병에 든 콜라를 꺼냈다.

"생활보호수당이 끊기면 안 되니까 의존증 치료에 동의
한 거지?"

"응."

주눅 들지 않고 엄마가 답했다.

"하지만 이번에는 꽤 진심일지도."

엄마는 멍한 목소리로 그렇게 말하고는 페트병을 들고
침실로 돌아갔다.

진심일지도? 그게 뭐냐고 미아는 생각했다.

그 "진심일지도"에 우리가 대체 몇 번이나 휘둘렸는지 알
긴 하는 거야.

감기가 유행하기 때문일까, 머지않아 학기가 끝나기 때문
일까, 학교를 쉬는 아이들이 늘어났다. 이미 이번 학기의 통
지표도 학교 홈페이지에서 열람할 수 있었는데, 거기에는
통지표가 나오기 전날까지의 출석률만 쓰여 있었다. 그래서
다들 맘 편하게 쉬는 것이다. 오늘은 레일라까지 감기를 이
유로 결석했다.

"오늘 출석률은 어때?"

"70퍼센트 정도 같은데. 누워서 쉬는 거 아냐?"

"쉬고 있어. 템페스트의 랩을 들으면서."

"그래, 푹 쉬어."

쉬는 시간, 미아는 교정의 구석에서 레일라와 메시지를
주고받고 있었다.

엄마가 휴대전화의 선불 요금을 결제해준 덕에 레일라에
게 받은 스마트폰을 사용할 수 있게 되었다. 의존증 회복을
위한 자조 프로그램 시간표나 오아시스 센터가 보내는 서
류를 메일로 받아야 한다고 해서 엄마가 미아의 스마트폰
을 쓸 수 있게 해준 것이다. 스마트폰을 쓰기 시작했다고 하

자 레일라는 툭하면 메시지를 보냈다. 미아는 선불 요금을 모두 소진할까 조마조마했기에 레일리와 대화를 항상 최대한 빨리 거의 억지로 끝냈다.

미아의 어머니는 성실하게 병원과 오아시스 센터를 다녔다. 첫날은 빨간 머리 소셜이 마중을 와서 함께 갔는데, 그 다음 날부터는 혼자서 제시간에 일어나 나갔다.

생활보호수당을 받는 싱글맘에 대한 관리·감독이 점점 엄격해진다는 건 텔레비전 뉴스를 봐서 알고 있었다. 엄마만 언제까지나 아무 생각 없이 있을 수는 없었다. 그는 그대로 생활보호수당이 끊기지 않도록 노력하고 있는 것이다. 하루라도 빨리 의존증에서 회복해 일하고 싶어요, 하는 모습을 복지과 사람들에게 보여주려고.

많은 일들이 더 이상 지금까지 하던 대로 할 수 없게 되어갔다. 미아 역시 마침내 스마트폰을 쓰기 시작했듯이.

"푹 쉬어."라고 대화를 끝낼 셈이었는데, 또 레일라가 답장을 보냈다.

"내일은 학교에 가려고. 엄마 상태가 안 좋아서 집에 있기 싫어."

"그렇구나…."

"전보다 심해."

"내일 학교에서 얘기하자. 이제 가야 돼."

"오케이. 그럼 내일 봐."

"바이."

레일라와 대화를 마치고, 미아는 모바일 데이터를 쓰지 않도록 스마트폰의 설정을 바꿨다.

그나저나 다들 이렇게 수시로 친구랑 메시지를 주고받는 걸까. 학교에서 직접 얘기하면 공짜인데, 별로 중요하지도 않은 걸 굳이 통신료를 써가며 얘기하다니. 짧은 문자 메시지도 통신사가 다르면 한 번 보내는 데 10펜스나 든다고 했다. 열 번이면 10파운드. 값싼 슈퍼마켓에서 가장 싼 식빵을 두 봉지나 살 수 있다.

친구를 사귀려면 이렇게나 돈이 드는 것이었다. 그래서 공영단지의 아이는 동네 아이들끼리 뭉쳐서 행동하는 건지도 모른다. 이 역시 계급이라는 놈이 존재하는 이유일 것이다.

다음은 요리 수업이었다. 미아는 무거운 마음으로 별관 구석에 있는 조리실로 이동했다. 지난주까지 교실에서 식품군과 요리 방법에 대해 설명을 들었는데, 오늘부터는 요리 실습이었다.

조리실에는 개수대와 싱크대와 인덕션 레인지가 달린 기다란 테이블이 섬처럼 여기저기 흩어져 있었고, 각 테이블에 학생들이 대여섯 명씩 앉아 있었다. 이미 다들 앞에 슈퍼마켓의 비닐봉지를 꺼내놓고 있었다.

미아는 요리 수업이 싫었다. 재료를 살 수 없었기 때문이다. 이번에도 파에야라는 처음 들어보는 외국 요리를 만든다는데, 역시 처음 들어보는 향신료에 이름이 괴상한 소시지를 준비해 오라고 했지만, 그런 걸 어디서 파는지도 몰랐고 살 돈도 없었다.

화이트보드에 붙어 있는 좌석표를 보려고 하는데, 갑자기 뒤쪽의 섬 하나에서 미아를 부르는 목소리가 들렸다.

"미아, 너는 우리랑 같은 조야!"

돌아보니 윌이 서서 손을 들고 있었다.

"……"

미아는 복잡한 심정으로 윌이 있는 테이블로 갔다. 비어 있는 구석 자리에 앉아 보니 테이블 위에 준비해 온 재료를 두지 않은 건 미아뿐이었다. 다들 미아 쪽을 보고도 못 본 척했다. 저 애는 집이 가난해서 요리 수업의 재료를 준비할 수 없어. 곧 선생님이 "재료를 가져오지 않은 사람은 여기로 오세요."라고 할 테고, 저 애는 앞으로 나가서 재료를 조금 받을 거야. 항상 그래. 그러니까 보면 안 돼. 다들 그렇게 생각하며 미아에게서 눈을 돌리고 있었다.

"오늘 요리 실습인 거 까먹었어?"

느닷없이 미아의 앞에 재료가 든 비닐봉지가 줄줄이 밀려왔다. 윌이 자기 앞에 있던 봉지를 손으로 밀어서 미아 쪽으로 옮긴 것이다.

"나눠 쓰자. 어머니가 신나서 너무 많이 사줬거든."

확실히 월의 봉지는 다른 아이들 것보다 두 배는 컸다.

"월, 진짜 많이 가져왔나 보네."

미아 앞에 놓인 비닐봉지를 보고 한 여자아이가 풋 웃었다.

"초리조●는 커다란 게 통째로 들어 있어서 깜짝 놀랐다니까. 대체 몇 인분을 만드는 줄 안 건지."

"어? 월은 엄마가 준비해준 거야? 뭐야, 도련님 같아."

주위 아이들은 훈훈하게 대화하며 다 함께 웃었다. 그날, 미아는 조리실 앞에 나가 교사에게 재료를 받지 않았다. 월은 요리 같은 거 해본 적 없는 도련님처럼 시종일관 서툴러서 같은 조 아이들을 웃겼다.

요리 수업을 마치고 본관으로 돌아갈 때, 미아는 연결 통로에서 월에게 말을 걸었다.

"재료 나눠줘서 고마워."

"아냐, 나야말로 고마워. 나 혼자 했으면 엉망진창이었을 텐데, 같이 만들어줘서 살았어."

● 다진 돼지고기에 고추, 파프리카, 각종 향신료 등을 넣어 건조하거나 훈연한 스페인식 소시지.

미아 역시 본 적도 만든 적도 없는 요리였기 때문에 썩 잘 만든 것 같지는 않았지만, 윌이 저렇게 말할 정도면 괜찮은 모양이었다.

"있잖아, 미아. 얼마 전에 스마트폰으로 랩을 들려줬잖아."

"어? 응."

"스마트폰을 쓴다는 건, 혹시 SNS도 하고 있어?"

"…왓츠앱●은 하는데."

"등록해도 돼? 그러면 새 곡을 만들었을 때라던가 이래저래 연락할 수 있으니까."

윌의 제안에 미아는 조금 경계했다. 레일라 외에는 왓츠앱으로 연락하는 친구가 없었기 때문이다.

"그러면 매번 MP3 플레이어를 쓰지 않아도 왓츠앱으로 곡을 공유할 수 있으니까 내 트랙을 바로 들어볼 수 있어."

그렇게 설명해도 미아는 잘 이해할 수 없었지만, 잘 모르는 것을 거절할 이유를 찾기도 어려웠다.

"…좋아."

"그럼 전화번호 알려줘."

"어?"

"전화번호가 없으면 등록 못 해."

● 메타사에서 운영하는 모바일 메신저로 전 세계에서 가장 사용자가 많다.

194

미아는 스마트폰을 꺼내서 자신의 번호를 윌에게 보여주었다. 윌은 재빨리 미아의 번호를 자신의 스마트폰에 저장했다.

"괜찮으면 앞으로도 요리 실습 도와줄래? 그 대신 재료는 내가 가져올 테니까. 미아가 함께 만들어주면 성적이 분명히 오를 거야."

윌은 그렇게 말하고는 자신의 스마트폰을 바지 주머니에 넣고 웃어 보였다. 윌은 다 알고 일부러 재료를 2인분 가져온 게 아닐까. 미아는 짐작했다.

이 관계는 역시 대등하지 않은 것 같았다.

사람과 사람 사이에 대등한 관계 따위는 없다.

나는 그런 사실을 잘 알고 있었다.

할머니와 숙모와 나의 관계는 대등하지 않았다. 학교에서 선생님이나 아이들과 맺은 관계도 대등하지 않았다.

부유한 사람과 가난한 사람, 좋은 환경을 타고난 사람과 불우한 환경을 타고난 사람. 그런 차이가 이 세상에 있는 한, 항상 누군가는 다른 누군가의 안색을 살피고, 누군가는 다른 누군가를 지배하며 괴롭힌다.

이런 비대칭성이 인간들 세상에 있는 관계의 본질이다.

그래서 때때로 나는 그런 관계에서 도망치고 싶었다. 왜 냐하면 대등한 관계, 아니, 대등이니 비대칭이니 하는 말들 조차 의미를 잃을 듯한, 인간 사회와 전혀 다른 양상이 존재 하는 곳을 알았기 때문이다.

그곳은 이와시타 가의 뒷산에 있었다. 산에 오를 때, 나는 인간 세상의 불평등과 잔혹성을 전부 잊을 수 있었다.

혼자 산에 들어가면 그곳에 살아 있는 모든 것이 나를 맞 아준다. 나무들도 꽃들도 풀숲도, 나를 억누르려 하지도 찌 부러뜨리려 하지도 않고 있는 그대로 받아들여준다.

꿩과 토끼와 벌레들은 내가 걸음을 디딜 때마다 놀라서 펄쩍 뛰거나 어딘가로 날아가지만, 내가 흙 위에서 뒹굴고 있으면 안심한 듯이 돌아와서 평소대로 활동하기 시작한다. 그들에게는 산속을 헤치며 걸어가는 내 모습이 자연을 지배 하기 위해 찾아온 인간으로만 보이는 모양이었다. 그러나 내 가 걸음을 멈추고 땅에 드러누우면 그렇지 않다는 걸 이해 하는 듯했다.

산속에서 뒹굴다보면 항상 나 자신이 육체에서 흘러나 와 흙이 되어 자연 속으로 녹아드는 느낌이 들었다. 내가 자연이고, 자연이 나였다. 나는 흙의 일부였고, 흙이 바로 나였다.

인간과 자연은 그처럼 서로 녹아들어 하나가 될 수 있다. 그런데 인간끼리는 결코 그러지 못한다.

왜냐하면 인간 사회에 이런저런 규칙이 있기 때문이다. 돈이나, 지위나, 집이나, 나라처럼 인간이 만든 온갖 것들이 있는 그대로의 인간들을 서로 떼어내고 대등하지 않게 만들어버린다.

그렇지만 자연에는 그곳에 있는 우리 외에 아무것도 없었다.

위도 없고 아래도 없으며, 대등도 비대칭도 없다. 그저 자유롭고 관용적이고 거짓 없는 자연과 나의 관계 속에서 내 상처는 서서히 치유되었다.

나는 산에 가서 자주 울었지만, 슬퍼서 흘리는 눈물은 아니었다. 기쁨의 눈물이었다. 고맙다고 말하고 싶어지는 눈물이었다.

조선에서 내가 계속 살아갈 수 있었던 건 그 뒷산 덕분이었다. 삶에 자양분을 주는 새카맣고 부드러운 흙이 그곳에 있었다.

산은 내게 기운을 주는 유일한 장소였다. 자연의 너그러운 품에서 되살아나면 나는 산을 내려가 숨 막히는 인간 세상의 관계 속으로 돌아갔다.

"오늘, 밭에 갔다 왔어."

"밭?"

"응, 센터에 오는 사람들이 다 함께 밭을 빌려서 채소를 기르고 있어. 기분이 정말 좋아. 흙을 만지면 왠지 마음이 건강해져. 자연이란 신기해."

엄마의 말을 들으면서 미아는 후미코가 산에 갔을 때의 일에 관해서 적은 부분을 떠올렸다.

엄마는 말수가 늘어났다. 언제나, 치료를 시작했을 때는 그렇다. 한결 밝아지고 수다쟁이가 된다. 이렇게 신이 나서 이야기하는 건 처음 있는 일이 아니다. 이러다 다시 원래대로 돌아갈 걸 생각하니 미아는 마음이 우울해졌다.

엄마가 소파에서 찰리에게 밭에 관해 이야기하는 동안 미아는 창가 의자에 앉아 레이철에게 질문을 받았다.

의존증 환자가 치료를 시작하면 예상치 못한 부작용이 나타날 수 있어서 아동복지과의 소셜이 자주 집에 방문하거나 전화를 건다. 미아는 그 역시 경험해서 알고 있었다.

"밥은 잘 먹고 있어?"

"평소랑 같아요."

미아의 말을 적던 레이철이 불현듯 고개를 들었다.

"그러고 보니까 카울리즈 카페에 다닌다면서."

"네."

"조이한테 들었어. 나도 그 카페에 일로 자주 가거든."

레이철은 그렇게 말하며 미소 지었다.

"…실은 이 일을 시작하기 전부터 다녔지만."

"자원봉사를 했어요?"

"어렸을 때, 밥 먹으러 갔어."

미아는 놀라서 레이철을 바라보았다.

"나도 어린 여동생들을 데리고 뷔페를 먹으러 갔거든. 조이도 그때부터 알고 있어."

레이철의 코에 달린 피어스가 창문으로 들이치는 햇빛을 받아 반짝반짝 빛났다.

"이비도 어렸을 때는 자주 거기 와서 잘 기억하고 있어. 지금은 많이 자랐겠네."

"댄스부의 스타라서 인기가 정말 많아요."

"그러고 보니 이비는 어릴 때부터 춤을 좋아했어. 카페에 사람이 없을 때 춤도 자주 췄고."

레이철은 예전 일을 떠올리며 흐뭇하게 웃었다.

미아는 자신처럼 카울리즈 카페에서 끼니를 해결하던 아이가 자라서 이렇게 사회복지사가 되었다는 사실이 믿기지 않았다.

"너는 찰리가 있어서 클럽 활동 같은 걸 못할 텐데, 어머니가 치료에 성공하면 많은 일들이 달라질 거야."

레이철은 진지한 표정으로 말했다. 이 사람은 진심으로 그리리라 믿는 걸까. 미아는 생각했다.

"별로 기대하지는 않아요."

"왜?"

이미 몇 번이나 배신을 당했으니까. 미아는 그렇게 말하고 싶었지만 입을 다물었다. 소셜에게 쓸데없는 얘기를 조잘대는 건 금물이다.

"당연히 잘되면 좋겠다고 바라지만요."

서둘러 둘러대는 미아의 얼굴을 가만히 바라본 레이철은 낮은 목소리로 담담하게 말했다.

"여러 번 실패했으니까 이번에도 실패할 거라고 단정할 수는 없어. 언젠가 잘 풀릴 수도 있어. 어머니도 그렇게 생각했으니까 병원과 센터에 다니기로 마음먹은 거야."

"그렇죠. 정말로 다행이라고 생각해요. 이래저래 많이 도와주셔서 감사해요."

미아는 다시 소셜을 응대하는 '착한 아이'로 돌아갔다.

"…아직 아무것도 돕지 않았다고 생각하는데."

"네?"

"우리는 아직 너를 전혀 도와주지 않았어."

의아한 표정의 미아를 바라보면서 레이철은 계속 말했다.

"어린 시절, 내게는 도와주는 어른들이 있었어. 그러니까 어른이 된 내게도 너를 도와줄 기회를 주면 좋겠어."

"…"

이런 식으로 말하는 소셜은 처음이었기 때문에 미아는 어떻게 반응해야 할지 몰랐다.

"이상한 소리를 하는 '소셜'이라고 생각하지?"

레이철은 입꼬리를 위로 올리며 빙긋 웃었다.

"솔직히 말해 모두 그렇지는 않아. 하지만 대부분 소셜은 나처럼 이상한 생각을 하면서 일을 하는 인간들이야."

"…"

"이 세상에는 아이들을 도와주고 싶어하는 어른도 있어."

레이철은 수첩을 탁 덮고는 조용히 의자에서 일어나 창틀 위에 작은 카드를 두었다. 보라색 튤립이 그려진 카드에는 레이철의 휴대전화 번호와 메일 주소가 인쇄되어 있었다.

평소처럼 조이가 카울리즈 카페의 카운터 안에서 바쁘게 일하고 있는데, 반가운 사람이 뷔페를 먹으러 왔다. 물방울무늬 우산을 현관문 옆 우산꽂이에 꽂은 레이철이 불쑥 안으로 들어온 것이다. 레이철은 요리들이 놓여 있는 카운터 구석의 상자에 10파운드 지폐를 넣었다. 뷔페 요금은

1파운드지만, 벌이가 있는 사람이나 여윳돈이 있는 사람은 얼마든지 내고 싶은 만큼 돈을 내도 상관없다.

"무슨 일이야? 오늘은 혼자?"

"어, 저녁 만들기가 귀찮아서 오랜만에 카페에서 밥 먹을 까 하고."

담당하는 가족을 데리고 온 적은 있어도 레이철이 혼자 카페에 온 것은 처음이었다. 조이는 레이철에게 종이접시를 건네며 말했다.

"오늘은 태국 요리의 날이야. 팟타이가 맛있어."

"와, 요즘은 그렇게 세련된 메뉴도 있구나."

레이철은 웃으면서 조이를 보았다. 오래전 레이철이 여동 생들과 함께 다니던 무렵에는 팟타이처럼 이국적인 요리는 없었다.

"그럼, 이 카페의 요리도 진화하고 있어."

조이도 웃으면서 레이철을 보았다. 진지한 표정으로 요리 를 골라서 종이접시에 담는 레이철을 바라보니, 10대 시절 그의 얼굴이 떠올랐다. 어머니가 집에 돌아오지 않거나 있 는 돈을 전부 써서 약을 사면, 레이철은 동생들을 데리고 여기에 밥을 먹으러 왔다. 자기가 먹기 전에 동생들부터 보 살폈고, 동생들이 테이블에서 먹기 시작해야 자신의 식사 를 카운터에서 가져갔다. 영 케어러young carer●라는 말이 있는데, 레이철이 바로 전형적인 사례였다.

"오늘, 미아와 찰리를 보고 왔어."

레이철은 자신을 가만히 바라보는 조이의 시선을 깨닫고 고개를 들어 말했다.

"어땠어? 치료는 잘 진행되고 있어?"

"어머니의 치료 프로그램은 시작이 괜찮아. 아이들도 차분하고. 지금은 아무 문제도 없어."

"그래, 다행이네."

"그 미아라는 아이, 엄청 야무지던데."

레이철의 말에 조이는 의미심장한 미소를 지으며 말했다.

"나는 미아랑 많이 닮은 10대 여자애가 여기 왔던 게 기억나. 그 아이도 필사적으로 자기 가족을 지키려고 항상 온몸을 잔뜩 긴장하고 있었어."

"…."

"공영단지의 아이들은, 점점 난폭해지는 아이도 안타깝지만, 미아 같은 아이도 안쓰러워. 야무진 아이라고 상처가 없지는 않으니까. 그런 아이들은 몸을 숨기고 있어서 눈에 띄지 않고, 경찰과 복지의 레이더에도 잘 걸리지 않지만, 실

● 만성 질환, 장애, 어린 나이, 고령 등으로 상시 돌봄이 필요한 가족을 보살피는 아동과 청년을 가리키는 말이다.

은 똑같이 지원이 필요한 아이들이야."

레이철은 고개를 끄덕였지만, 살짝 항의하듯이 조이의 눈을 마주 보며 말했다.

"그렇긴 한데, 소리를 내서 얘기해주지 않으면 이쪽은 알 수 없어. 그런 아이를 무장 해제시키는 데는 시간이 걸려."

"…너는 그런 걸 누구보다 잘 알고 있지."

"당연하죠. 지금 나는 프로 소셜이니까요."

웃으면서 종이접시를 들고 테이블로 걸어가려 하는 레이철에게 조이가 말했다.

"네가 미아네 담당이라 정말 다행이야."

레이철은 조이를 돌아보고 빙긋 웃더니 빈 테이블로 가서 혼자 조용히 식사를 시작했다.

"엄마가 이제 진짜 위험해."

학교에 나오자마자 레일라는 미아에게 푸념을 늘어놓았다.

"카운슬러한테 다녀왔는데, 계속 부엌에서 혼잣말을 하는 거야. 그것도 엄청 큰 소리로. 자기는 전혀 모르는 것 같은데, 무서울 정도로 커."

미아의 어머니는 술이나 약에 취했을 때 항상 그러기 때문에 미아에게는 별로 특별한 일이 아니었다.

"큰일이네. 빨리 어머니가 안정되면 좋겠다."

"글쎄, 이번에는 좀… 수면제만 먹고 계속 멍하니 있으니까 할머니가 집에 왔을 때 약을 전부 숨겨뒀어. 필요한 만큼만 내가 매일 부엌의 정해진 자리에 두라고."

"응."

"그랬더니 내가 자는 사이에 엄마가 내 방까지 들어와서 찾는 거야."

"수면제에 의존하고 있어?"

"그런 것 같아… 뭐랄까, 그런 엄마가 좀 징그럽고 무서워."

"카운슬링의 효과가 나타나면 좋겠다."

미아는 생판 모르는 사람의 일처럼 말했다. 미아의 엄마도 의존증 치료를 받고 있지만, 레일라는 모르는 일이었다.

"나는 별로 기대 안 해. 나빠질 가능성이 더 높아."

레일라는 그렇게 말하고 한숨을 쉬었다. 그리고 재킷 주머니에서 스마트폰을 꺼내 만지작거리기 시작했다.

"저기, 그러고 보니까 인스타 계정 만들었어?"

"어? 안 만들었어."

"만들어 봐. 그럼 나뿐 아니라 다양한 사람들이랑 교류할 수도 있고, 다들 지금 뭘 하는지 실시간으로 알 수 있으니까."

다들 지금 뭘 하는지 같은 걸 실시간으로 알고 싶지 않은데, 하고 미아는 생각했다. 무엇보다 인스타그램까지 시작하면 정말로 선불 요금이 바닥날 것이다.

"나는 사진 찍는 거 별로 안 좋아해서."

"꼭 사진만 올려야 하는 건 아니야."

레일라는 그렇게 말하며 스마트폰 화면 위에서 손가락을 위로 술술 올렸다.

"봐, 윌도 계정을 갖고 있어."

레일라는 의미 있는 미소를 지으며 미아에게 스마트폰 화면을 보여주었다.

화면이 여러 작은 사진들로 나뉘어 있었고, 윌이 친구들과 찍은 사진이나 개의 사진, 밴드의 공연과 뮤지션의 사진 등이 줄지어 있었다.

"이비의 계정도 꽤 멋있어. 셀피가 많긴 한데, 이비는 랩 가사의 한 구절 같은 것도 자주 올려."

레일라는 다시 화면을 터치해서 이비의 계정을 보여주었다. 이번에도 작은 사진들이 배열되어 있었는데, 입술을 내밀며 같은 각도에서 찍은 이비의 사진이 많았다.

"잡지의 모델 사진 같지. 봐, 이게 이비가 가장 최근에 올린 사진."

레일라는 그렇게 말하며 작은 사진들 중 하나를 손가락으로 건드렸다. 화면 가득 나타난 것은 이비가 조이와 함께 찍은 사진이었다. 배경은 카울리즈 카페. 미아는 익숙한 그곳을 한눈에 알아봤다. 다른 사진처럼 오른쪽 위에서 비스

듬하게 찍은 사진에는 눈을 크게 뜨고 입술을 내민 이비와 오른쪽 옆에서 생글생글 웃는 조이가 찍혀 있었다. 그들 뒤에는 두 남자도 있었다. 저녁 뷔페에 온 사람들일까. 어두운 남색 니트 모자를 쓴 수염이 덥수룩한 남자가 이비의 어깨에 손을 올린 게 보였다.

미아의 온몸에서 핏기가 싹 가셨다.

그 힙스터 같은 털보 남자를 본 적이 있었기 때문이다. 그 남자의 커다랗고 둥근 헤이즐넛 색깔 눈동자. 마르크스 수염 아저씨와 함께 카울리즈 카페에서 대화했던 남자였다.

이 남자.

요 며칠 동안, 눈을 감기만 하면 덮쳐오는 그 남자의 둥근 눈이 아이폰 화면에서 미아를 보고 있었다.

'엄마랑 자원봉사자들.'

사진 아래에 이비가 그렇게 써놓았다.

바람이 큰 소리를 내면서 느릅나무의 가지를 흔들었다.

"괜찮아? 왜 그래?"

걱정스러운 표정으로 레일라가 미아를 올려다보았다.

미아는 말없이 살짝 미소를 지어 보이고, 레일라의 아이폰에서 시선을 돌렸다.

수업 시작 5분 전을 알리는 종소리가 교정에 울려 퍼졌다.

11

이곳에서 도망치다

주문을 걸듯이 머릿속으로 같은 말을 되뇌면서 미아는 학교 일과를 마쳤다.

평소처럼 하지 못할 리 없어.

아무것도 달라지지 않아.

튀어나온 것을 다시 상자 속에 집어넣고 뚜껑을 덮고 잊어버리자. 여태까지도 수많은 것들을 그렇게 해왔어. 앞으로도 마찬가지야. 하지 못할 리 없어.

그렇게 자신을 타이르며 집에 돌아왔는데, 현관문을 열고 들어가니 집은 집대로 평소와 달랐다. 미아는 냄새만 맡고도 알았다. 집 안에 긴급 사태의 냄새가 가득했다.

어디지? 엄마 방? 아니면 부엌?

미아는 곧장 찰리를 침실로 데려가서 옷을 갈아입으라고 했다. 찰리는 옷을 갈아입는 데 오래 걸린다. 그 시간 동안 긴급 사태에 대응해야 했다.

미아는 문이 열려 있는 엄마의 방을 들여다보았다. 엉망으로 흐트러진 침대 시트 위에 물을 엎지른 듯한 흔적이 있었다. 오줌을 눈 것이다. 냄새로 알 수 있었다. 자신이 어디에 있는지 모르게 되면 그는 어디서든 오줌을 눈다.

카펫 위에 맥주 캔이 여러 개 널브러져 있었다. 그중 하나에서 또 다른 방뇨의 흔적 같은 액체가 흘러나와 있었다. 오줌과 알코올이 뒤섞인 구역질이 치미는 악취. 이것이야말로 미아의 집에서 긴급 사태마다 나는 냄새다. 오래전부터.

미아는 마음을 굳게 먹고 부엌문을 열었다.

희끗희끗한 머리를 흔들면서 엄마가 의자 위에 한쪽 무릎을 안고 앉아 있었다. 테이블 위에는 마시다 남긴 보드카 병과 또 다른 맥주 캔. 엄마가 머리카락을 떨군 테이블 위에는 병원에서 받은 약이 담긴 은색 포장용기가 여러 개 흩어져 있었다. 투명한 플라스틱 안에 있어야 할 약은 대부분 보이지 않았다.

"엄마!"

미아가 엄마를 불렀다.

"뭘 한 거야, 엄마!"

엄마는 반응하지 않았다. 눈도, 코도, 입도, 얼굴의 모든 부위가 아래로 처져 있었다. 끝없이 축 늘어졌고, 입술 끝에서는 침이 흘렀다.

미아는 반사적으로 약의 포장용기를 집어 재킷 주머니에 넣었다. 낮에 학교에서 레일라가 자신의 어머니에 관해 이야기했던 것이 떠올랐기 때문이다. 레일라의 어머니는 수면제에 의존하고 있다고 했다. 미아의 엄마 역시 요즘 병원에서 수면제를 처방받고 있었다.

의존증 치료를 받는 인간한테 약 같은 걸 처방해서 어쩌자는 거야.

반쯤 죽은 인간처럼 정지해 있던 엄마가 갑자기 미아를 향하며 오른손을 뻗었다.

"내에, 그거, 나안에, 주, 어어…."

혀 꼬부라진 낮은 목소리로 엄마가 말했다. 그건 이제 엄마의 목소리가 아니었다.

엄마가 극적으로 무너질 때 미아는 그가 정말로 저렇게 된 것인지, 아니면 연기를 하는 것인지 혼란스러웠다. 연기하는 것이라면, 왜 딸 앞에서 저런 모습을 보이는 걸까. 나는 이토록 약하다고 보여주기 위해서? 어떻게 좀 해달라고 말하고 싶은 거야? 여봐란듯이 온몸이 축 늘어진 건 어째서야?

몸속 깊은 곳에서 혐오감이 치밀었다.

엄마는 의자에서 허리를 들고 양팔을 테이블에 대고 엎드린 다음, 양팔 사이에 얼굴을 묻고 "우, 우우아아아, 우우아아."라고 신음하며 손을 미아 쪽으로 뻗었다.

그 모습은 언젠가 텔레비전에서 보았던 좀비 같았다. 무서웠지만, 어색한 연기 같아서 우스꽝스럽기도 했다. 뭘 원하는 걸까. 이 사람은 내게 이 이상, 뭘 하라는 걸까.

더는 무리다. 심장이 몸에서 뛰쳐나가 도망치려는 것처럼 빠르게 뛰었다.

"우우아아아아아."

엄마는 침을 흘리면서 테이블 위에 엎어져 미아에게 오른손을 뻗었다.

미아는 불현듯 생각했다. 엄마는 내게도 좀비가 되라고 하는 것 아닐까. 좀비는 다른 인간을 좀비로 만들기 위해 습격한다. 엄마는 나도 자기처럼 되길 바랐기 때문에 이런 연기를 오랫동안 해온 것이 아닐까.

미아는 입술을 꽉 깨물고 엄마에게서 고개를 돌리고는 부엌에서 뛰어나갔다. 오줌과 알코올 냄새가 자욱한 엄마의 방으로 가서 침대 아래에 있는 커다란 옷가방을 꺼내 자기 방으로 가져갔다.

찰리가 겁먹은 얼굴로 바지를 입은 채 서 있었다. 부엌에서 엄마가 냈던 기이한 소리를 들었을 것이다. 미아는 자신과 찰리의 속옷과 옷을 가방에 담기 시작했다.

"어디 가?"

찰리가 불안해하며 물었다.

"응, 어딘가로 가자. 어디든 여기보다는 훨씬 나아."

미아는 웃어 보였지만, 찰리는 방 한구석에서 굳어 있었다.

슈퍼마켓에서 퇴근한 조이가 식사 준비를 시작하려는데, 이비가 방에서 나왔다.

"어? 오늘 카울리즈에 가는 거 아녔어?"

"뭐? 오늘은 내가 당번이 아닌데."

조이는 자신이 깜박 잊었나 싶어서 냉장고 문에 붙여둔 근무표를 보았다.

"봐, 오늘은 쉬는 날이야."

"그렇구나. 미아랑 찰리가 버스 타는 걸 봐서 엄마가 오늘 카울리즈에 있겠구나 생각했어."

"뭐? 어디서 봤는데?"

"쇼핑센터 앞. 오늘 친구랑 겨울 할인에 뭐가 있나 미리 보러 갔거든. 횡단보도에 서 있는데 버스가 지나갔어. 미아랑 찰리가 타고 있었고."

"두 사람이 확실했어?"

"응, 신호가 바뀌어서 천천히 지나쳤으니까 틀림없어."

전에 미아가 왔을 때 오늘 쉬는 날이라 카페에 와도 자신은 없다고 말했는데 잊어버린 걸까.

"일단 전화해둘까. 오늘 당번인 자원봉사자한테."

조이는 테이블 위에 둔 가방에서 스마트폰을 꺼냈다.

"오늘 오후에 학교에서 미아가 좀 이상했어."

이비는 그렇게 말하고는 부엌 테이블의 의자에 앉았다.

"이상하다니?"

"미아가 책상 위에 아무것도 꺼내놓지 않고 멍하니 있어서 선생님이 주의를 줬거든. 그랬더니 갑자기 뚝뚝 눈물을 흘려서 선생님이 당황했어. 미아가 그러는 거 처음 봤어."

"무슨 일이 있었어?"

"몰라."

조이는 이상하게 가슴이 두근거렸다.

"버스에 탄 두 사람 느낌은 어땠어?"

"어땠냐고 해도, 재킷을 입고 평소랑 같았는데. 미아는 창가 자리에 앉아서 책을 읽고 있었어. 요즘 학교에서 맨날 읽는 파란 책."

조이는 카울리즈에 오는 마르크스와 닮은 남성이 미아에게 권했다는 책일까 생각했다. 한 손으로 동생의 어깨를 감싸안고 열심히 책을 읽는 미아의 옆얼굴이 머릿속에 떠올라 사라지지 않았다.

내가 그때 집에서 쫓겨난 계기는 미사오 씨라는 젊고 아름다운 여성이 이와시타 가를 방문한 것이었다.

그는 할머니의 조카딸이었는데, 강경이라는 지역에 병원을 차린 의사와 결혼했다고 했다. 미사오 씨는 '내 남편은 돈이 무척 많아요.'라고 말하는 듯한 호화찬란한 옷차림으로 나타났다.

며칠이 지나 서로 부유한 생활을 자랑하는 것에도 슬슬 질리자, 미사오 씨가 지인을 방문하고 싶다고 말을 꺼냈다. 부강에서 10리 정도 떨어진 곳에 살고 있는 지인이라는데, 이번 기회에 만나고 싶다는 것이었다.

"하지만 갓난아이가 있어서 기차 여행도 큰일이고…"

미사오 씨가 한숨을 내쉬자 옆에서 할머니가 말했다.

"후미를 데려가면 괜찮지 않니. 아기는 후미가 등에 업고 다니면 돼."

미사오 씨는 할머니의 집에 온 뒤로 내게 말 한 마디 건적이 없었다. 하지만 갑자기 내 얼굴을 보고는 따뜻한 미소를 지었다.

"그렇게 해주면 정말 좋겠는데, 후미가 나랑 함께 가줄까?"

할머니는 평소 같으면 윽박지르듯이 함께 가라고 했을 텐데, 그때는 웬일인지 내게 부탁을 하듯이 점잖게 말했다.

"얘, 후미야. 함께 가주렴."

아기가 울어서 미사오 씨가 방에서 나가자 할머니는 더욱 관대한 모습을 보였다.

"싫으면 싫다고 분명히 말하렴. 우리는 싫어하는 걸 억지로 시키지는 않으니까."

생각지 못한 말을 듣고 마음의 갑옷이 느슨해졌다. 멍청하게도 나는 본심을 말해버리고 말았다.

"실은… 혹시 안 가도 되면, 가고 싶지 않아요."

"뭐어? 뭐라고?"

어느새 눈을 치켜뜨고 귀신처럼 변한 할머니의 얼굴이 눈앞에 있었다.

"뭐라고? 사람이 살짝 따뜻하게 말해주면 바로 이렇게 기어오르려고 들지."

귀신은 내 멱살을 붙잡고는 나를 툇마루에서 땅바닥으로 떨어뜨렸다.

"가기 싫다니, 네년, 도대체 뭐냐? 천한 시골뜨기 집에서

215

애나 보던 걸 가여워서 우리가 거둬주었더니. 이제 관둬라."

할머니는 툇마루에서 뛰어 내려와 나막신을 신고, 내 옆구리를 걷어찼다.

"그 대신, 네년 혼자 이 집에서 나가. 할 일을 안 하는 년한테 볼일 없다. 빨리 나가, 지금 당장."

짓밟히고 걷어차이는 동안 머리가 멍해졌다. 할머니는 내 머리카락을 움켜쥐고 질질 끌어 문밖으로 내쫓았다. 덜컥덜컥 빗장을 거는 소리. 할머니가 집으로 돌아가는 발소리가 들렸다.

나는 일어날 수도 없었다. 사람들이 내 옆을 지나쳐 갔다. 나는 길바닥에 드러누운 채 여름 하늘을 올려다보았다.

이제, 차라리 정말로 나가는 게 나을지도 몰라. 여기 있으면 결국에는 나를 죽일 거야. 이런 생각이 머리를 스쳤다.

사람이 없는 프레스턴파크역에 미아와 찰리가 서 있었다.

단지 앞의 버스 정류장에서 버스를 타고 종점까지 가보니 한갓지고 예쁜 마을에 도착했다. 넓은 정원이 딸려 있는 커다란 저택들이 드문드문 서 있었다. 가난한 공영단지 앞에서 달려간 버스가 다다르는 곳은 우아한 전원 마을이었던 것이다.

이렇게 조용한 동네에서 가출한 아이가 돌아다니면 금세 눈에 띄어 경찰에 신고가 들어간다. 훨씬 사람이 많은 곳으로 갈 필요가 있었다. 누가 어디를 걸은들 아무도 신경 쓰지 않을 만큼 혼잡한 곳으로 숨어들어야 했다.

미아는 런던에 가자고 마음먹었다. 초등학생 때 엄마와 당시 엄마의 애인과 함께 런던의 펍에 가본 적이 있었다. 역에 사람이 너무 많아서 깜짝 놀랐던 게 기억에 남아 있다. 심지어 지하철에 탄 사람들은 영어로 말하지도 않았다. 그곳은 런던이라는 이름의 다른 나라였다.

공영단지에서 사라지는 여자아이들은 런던으로 간다. 런던에서 발견되어 단지로 끌려오는 아이도 있지만, 아이들 대부분은 떠나가면 다시 돌아오지 않는다. 일단 가면 어떻게든 되는 게 틀림없었다.

미아와 찰리는 다시 반대 방향 버스에 올라탔고, 도중에 두 번 환승하여 프레스턴파크역에 도착했다. 그곳은 자동개찰기가 없는 작은 역이었다. 요즘은 철도회사도 인력이 부족하기 때문에 일단 기차에 올라타면 표를 확인하러 다니는 차장과 마주칠 일은 없다, 그러니 프레스턴파크역에서 기차에 타면 표 따위 사지 않아도 된다, 단지 사람들이 맨날 이렇게 얘기했다.

플랫폼에 서 있는데, 초등학생 때 같은 반이었던 남자아이의 아버지가 이곳에서 자살했던 것이 떠올랐다. 운동회나 여름 축제 등 행사가 있으면 보호자들을 주도하며 도와주던 상냥해 보이는 사람이었다. 그런 사람이 어느 날 저녁, 갑자기 이 플랫폼에서 기차 앞으로 뛰어들어 죽었다.

커다랗고 멋진 집에 살면서 자신의 회사도 경영한 사람이 어째서 그런 짓을 했을까. 뛰어들어서 끝내고 싶은 무언가가 있었을까. 목숨과 맞바꿔서라도 끝내고 싶은 것이었을까.

둔탁하게 빛나는 선로를 들여다보는데 찰리가 미아의 손을 꼭 잡았다. 정신을 차린 미아가 돌아보니 찰리가 겁먹은 표정으로 미아를 보고 있었다.

"괜찮아. 다 괜찮아."

미아는 웃으면서 찰리의 손을 잡아주고 플랫폼 가장자리에서 뒤로 물러났다.

단지 앞의 버스 정류장에 서 있을 때도 찰리는 이렇게 불안한 표정으로 미아에게 물어보았다.

"우리 어디로 가?"

"어디로 갈지는 아직 정하지 않았어."

"그럼 집에 돌아가. 어디로 갈지 정한 다음에 출발하자."

"그러면 너무 늦어."

"왜 늦어?"

"오늘 우리가 학교 간 사이에 엄마가 술이랑 약을 잔뜩 먹었어. 그러니까 이번에야말로 소셜이 우리를 데려갈 거야."

"뭐?"

"집에 돌아가면, 엄마 때문에 구급차를 불러야 해. 그러면 소셜이 우리를 끌고 갈 거야. 소셜이랑 어딘가에 가는 거랑 누나랑 어딘가로 가는 거, 어느 쪽이 좋아?"

미아는 허리를 숙여서 찰리와 눈높이를 맞추고 동생의 답을 기다렸다.

"소셜에게 끌려가도 우리는 함께 있을 수 있어?"

"아마, 뿔뿔이 흩어질 거야."

"…"

찰리는 바닥을 보며 눈물을 뚝뚝 흘리기 시작했다.

"그런 거 싫어. 외톨이는 싫어…."

"그럼 함께 가자."

"하지만 무서워."

"괜찮아. 내가 지켜줄 테니까. 내가 반드시 지켜줄게."

미아가 찰리의 양팔을 붙잡고 그렇게 말하자 찰리가 미아의 목을 감싸며 안겼다. 미아도 동생을 꼭 껴안았다. 불안이 덩어리진 듯한 몸이 미아의 품 안에서 벌벌 떨었다.

런던행 열차는 텅텅 비어 있었다. 저녁 때 붐비는 것은 런던에서 일을 마치고 귀가하는 사람들을 태운 하행 열차 쪽이다.

미아는 집에서 가져온 바나나와 작은 감자칩 봉지를 가방에서 꺼내 찰리에게 먹였다. 창밖은 이미 캄캄했다. 크리스마스를 앞둔 때는 1년 중 가장 밤이 길다. 초등학생 때, 산타클로스가 어둠 속에 숨어서 어느 집에 아이가 있는지 몰래 둘러볼 수 있도록 크리스마스가 다가오면 오후 4시 반부터 어두워지는 거라고 말했던 아이가 있었다. 분명히 집에서 부모가 그런 이야기를 들려줬을 것이다. 그러고 보니 그 이야기를 한 건 프레스턴파크역에서 자살한 아저씨의 아들이었다.

그 남자가 미아의 집에 드나든 것도 그 무렵이었다.

레스파이트 케어. 그래, 레스파이트 케어를 파견하는 자선 단체에서 미아와 찰리를 보살피기 위해 왔던 자원봉사자였다. 이따금씩 아이들을 돌보며 보호자에게 쉬는 시간을 주는 것이 그의 일이었다. 항상 검은 파카와 배기 청바지를 입고 있었다.

조이와 이비가 함께 사진을 찍은 남자. 수염이 덥수룩한 그 남자가 찰리에게 한 짓.

그 전부를 미아는 알 수 없다. 왜냐하면 그때도, 지금도,

찰리에게 물어볼 수 없으니까. 왠지 알몸으로 잠들어 있던 찰리와 스마트폰으로 찰리의 몸을 촬영하던 그 남자. 그곳에 문을 열고 들어간 나. 그 뒤에 엄마의 침실로 끌고 가서 그 남자가 내게 한 짓.

그런 장면을 몇 번인가 상상했다. 실제로 몇 년 동안 그건 내 상상이라고 생각했다. 아니면 전에 꿈에서 본 장면이 갑자기 떠오른 것인지 모른다고. 꿈인지 상상인지 잘 모르니까 그냥 생각하지 않으려 했다. 하지만 그 남자의 헤이즐넛 색깔 둥근 눈동자가 기억에 씌워 있던 막을 벗겨냈다. 그게 정말로 일어났던 일이라는 것을 미아는 이제 알고 있다.

무서운 점은 현재 거기까지만 안다는 것이다.

그 이상을 떠올리는 때가 올지도 모른다.

그 남자만이 아니다. 엄마가 집에 끌어들인 남자 중 한 명도 비슷한 짓을 내게 했다. 비슷한 짓을 찰리도 당했을 수 있다. 미아 자신에 관한 일도 드문드문 조금씩만 생각나는 것이다.

전부 머릿속에만 존재하는 것이었으면 좋겠어.

정말 일어났던 일만 아니면 돼.

그렇게 빌어본들 아무것도 변하지 않아. 일어난 일은 더 이상 바꿀 수 없어.

그렇다면 내가 직접 앞으로 일어날 일을 바꿀 수밖에 없어. 아무리 울어도 벌벌 떨어도, 누구도 우리를 구해주지 않아. 또 그런 일을 당하지 않으려면, 찰리가 그런 일을 당하지 않게 하려면, 도망칠 수밖에 없어. 더 이상 어른들이 우리를 맘대로 하게 두지 않겠어.

모르는 사이에 입술을 너무 세게 깨물었는지 미아의 입 속에 피의 맛이 퍼졌다. 찰리는 지쳐서 눈을 감고 미아의 팔에 기대고 있었다. 미아는 동생의 몸을 쓰다듬으며 가방에서 후미코의 책을 꺼냈다.

울면서 나를 불쌍히 여겨도 아무 소용 없었다.

어른들이 나를 불러줄 리도 없었고, 길바닥에 쓰러진 아이를 도와서 일으켜 세울 리도 없었다.

나 같은 아이는 어떻게든 스스로 하는 수밖에 없는 것이다.

나는 온몸에 힘을 주고 일어났다. 갈 곳은 없었지만, 일단 걷기로 했다.

조선인들이 쓰는 공동 우물에 가서 가만히 우물 속을 들여다보는데, 아는 조선인 아주머니가 채소를 씻으러 왔다.

"또 할머님한테 혼났어요?"

아주머니는 나를 보며 따뜻하게 말을 걸었다. 말없이 고개를 끄덕이자 아주머니는 후우, 하고 한숨을 내쉬고는 진심으로 동정하며 말했다.

"가엾게도… 정말, 가여워라."

그 따뜻한 목소리에 마음이 조금씩 녹았다.

"저희 집으로 오시겠어요? 딸도 있으니까요."

"고마워요. 가볼게요."

나는 아주머니를 따라갔다. 집에 도착하자 아주머니가 내게 물었다.

"실례지만, 아가씨, 점심 식사는 하셨나요?"

"아뇨, 아침부터 아무것도 먹지 않았어요."

"저런, 아침부터…."

아주머니와 그의 딸은 놀라서 서로 얼굴을 보았다.

"저희 집에는 보리밥밖에 없는데, 이거라도 괜찮으시면 잡수시겠어요? 많이 있으니까 사양하지 마시고요."

조선에 온 뒤로 어른이 이처럼 겉과 속이 같은 인간적인 정을 내게 준 적은 없었다. 어른 중에는 이런 사람도 있었던 것이다.

그럼에도 나는 그 집에서 밥을 먹을 수 없었다. 위가 쪼그라들 만큼 먹고 싶었지만, '남의 집에서 빌어먹는 거지를 우리 집에 둘 수는 없다.'라고 할머니가 꾸짖을 것을 생각하니 무서웠다.

"고마워요. 하지만 괜찮아요. 미안해요."

그렇게 말하고는 비틀비틀 아주머니의 집에서 나갔다.

그 지경이 되어서도 나는 이와시타 가에 돌아가려 했던 것이다.

헤이워즈히스역에서 한동안 열차가 움직이지 않았다. 미아가 책에서 고개를 들어 플랫폼을 보니 암청색 블레이저를 입은 차장이 검정 상자 같은 기계를 허리에 차고 옆 차량에 올라타고 있었다.

미아는 잠든 찰리를 흔들어서 깨웠다.

"차장이 타고 있어. 가자, 빨리!"

머리 위의 짐칸에서 옷가방을 내리고 백팩을 등에 멘 미아는 찰리의 손을 끌고 차량 뒤편의 화장실로 가서 문을 열고 재빠르게 안에 들어갔다. 애초에 이런 사태를 상정하고 커다란 장애인용 화장실이 있는 차량을 골라서 탔다.

"미안해. 여기서 자도 되니까."

미아는 찰리를 대변기 덮개 위에 앉히고 그 옆에 서서 동생의 등을 안았다. 눈을 게슴츠레하게 뜨고 미아가 손을 당기는 대로 따라온 찰리는 누나의 팔에 몸을 맡기고 다시 잠들었다.

미아는 시간을 확인하기 위해 주머니에서 스마트폰을 꺼냈다. 화면 위쪽에 'Wi-Fi 접속이 가능합니다.'라고 표시되었다. 손가락으로 눌러보니 철도회사의 이름 옆에 무료 Wi-Fi라고 쓰인 네트워크가 보였고 '접속' 버튼을 누르자 Wi-Fi가 연결되었다.

딩동. 종이 울리는 듯한 소리가 나며 스마트폰 화면에 왓츠앱의 새로운 메시지 알림이 나타났다. 팝 스타처럼 입술을 내밀고 이쪽을 보는 이비의 사진 아이콘 옆에 "미아, 지금 어디야?"라고 쓰여 있었다. 뒤이어 레일라의 얼굴 아이콘과 함께 "연락 줘. 네 어머니가 병원으로 이송됐대."라는 문장이 나타났다.

벌써 우리가 사라진 게 들켰어. 좀비처럼 된 엄마를 누군가 발견해서 병원으로 옮긴 걸까. 아니면….

이것저것 생각하기 시작하면 계속 신경 쓰이기에 미아는 고개를 젓고 스마트폰을 재킷 주머니에 넣었다.

아무튼 지금은 붙잡히지 않도록 최대한 멀리 도망갈 수밖에 없어.

미아는 다시 고개를 들고 마음을 다잡듯이 가방에서 후미코의 책을 꺼냈다.

다시 한 번, 비는 수밖에 없어. 나는 집에 돌아가서 툇마루에 엎드려 필사적으로 사죄했다. 내가 얼마나 은혜를 몰랐는지, 제멋대로였는지, 온갖 말을 동원해 계속 빌었다.

이와시타 가의 사람들은 저녁을 먹고 있었다. 마치 내 목소리 따위 들리지 않는 듯이 철저히 무시하고 식사를 계속했다.

"시끄럽다, 닥쳐."

할머니가 젓가락을 멈추고 한쪽 눈썹을 치켜올리며 말했다.

나는 내 방으로 돌아가서 쓰러졌다. 무언가 씹는 척하면 머리가 먹는 걸로 착각할까 해서 입을 움직여보았다. 하지만 턱이 아플 뿐이었고, 완전히 녹초가 되어서 나도 모르는 사이에 잠에 빠져들었다.

얼마나 시간이 흘렀을까. 깨어 있는 건지 잠들어 있는 건지 모를 만큼 멍하니 있는데, 바깥에서 밥공기가 달그락거리는 소리가 났다.

어느새 날짜가 바뀌어 집안사람들이 점심을 먹고 있었다. 나는 온몸에 힘을 주고 일어나서 현기증을 참으며 다시 툇마루로 갔다. 바닥에 손을 짚고 머리를 낮게 숙이며 나는 말했다.

"전부 제가 잘못했어요. 저 때문에 큰 불편을 끼쳤어요. 두 번 다시 기어오르지 않을게요."

할머니는 아무것도 안 들리는 척했지만, 고모는 힐끗 나를 보고 말했다.

"정말 잘못했다고 생각했으면, 오늘 아침에도 일찍 일어나서 집안일을 했을 거다. 밥 냄새가 나니까 기어 나와서 구걸을 하다니, 낯짝도 두껍구나."

나는 다시 내 방으로 돌아가서 방바닥에 쓰러졌다.

나는 이대로 굶어서 죽을지도 몰라.

죽음.

갑자기 머릿속에 떠오른 말이 커다랗게 부풀어 뇌의 한가운데에서 밝게 빛나기 시작했다.

죽으면 되는 거야. 어차피 나를 죽일 테니까, 스스로 죽으면 돼.

그건 거의 복음 같은 번뜩임이었다.

편해질 수 있어. 폭력도 배고픔도 끝낼 수 있어. 그 생각에 나는 구원을 받았다. 죽음이 천사처럼 내려와서 나를 행복하게 해주었다.

온몸의 무력감도 현기증도 어딘가로 날아갔고, 나는 일어났다.

12시 반의 급행열차가 올 때까지 아직 시간이 조금 있었다. 그걸로 하자. 마음먹고 뛰기만 하면 돼. 그럼 모두 끝난다.

12

이곳만이　　　　아니야
세계는

　누군가 문을 두드리는 소리가 났다. 이걸로 두 번째다. 미아는 책을 덮고 경계하며 대변기 뚜껑 위에 앉아 잠들어 있는 찰리의 등을 더욱 바싹 안았다.

　너무 오래 틀어박혀 있으면 차장이 와서 잠긴 문을 열어버릴지도 몰랐다.

　불안했다.

　지금만이 아니다. 불안은 언제나 미아에게 들러붙어 있었다. 분명 앞으로 큰일이 일어날 거야. 이런 어두운 예감이 항상 머릿속 한구석에 있었다.

　끝내 후미코는 죽기로 마음먹었다.

역에서 자살한 초등학교 동급생의 아버지와 같은 선택을 하려 했다.

그렇지만 미아는 그런 선택을 생각할 수 없었다. 찰리가 있기 때문이다. 고단한 얼굴로 잠든 동생이 있기 때문이다. 자신에게 기대는 이 작은 몸이 있기 때문에 미아는 살아야 했다. 살아서 끝까지 도망쳐야 했다.

딩동. 스마트폰이 울렸다.

또 누군가가 메시지를 보낸 것이다.

이비가 자기들을 찾는 걸로 보아 단지 사람이 엄마를 병원에 데려간 듯했다. 아니면 사회복지사일 수도 있다. 치료 프로그램을 가지 않았으니 집에 찾아왔을 가능성이 있다. 레일라에게 연락한 사람은 이비일 것이다. 그리고 이비에게 이 스마트폰 번호를 알려준 것은 레일라다. 그 아이들이 부산스러울 정도니 경찰에도 신고가 들어갔을 것 같았다. 소셜과 학교와 경찰은 언제나 한편이다. 그들은 항상 뒤로 손을 잡고 우리 같은 아이들을 보호하려고 든다.

미아는 주머니에서 스마트폰을 꺼냈다. 자기를 뒤쫓는 메시지를 읽고 싶지 않았지만, 적의 상황을 알아두어야 했다.

미아는 스마트폰 화면을 언뜻 보고 깜짝 놀라 눈을 크게 떴다. 화면에 있는 아이콘이 이비나 레일라의 셀피가 아니라 처음 보는 검정 헤드폰이었기 때문이다.

"하이, 미아. 좀 생각해봤는데, 다음 주 음악부의 크리스마스 콘서트에 나가지 않을래?"

허를 찌르는 메시지에 넋을 놓았는데, 또 딩동 알림이 울렸고 다시 검정 헤드폰 아이콘이 나타났다. 아이콘 옆에 '윌'이라고 표시되었다.

"「양손에 토카레프」를 나랑 같이 하지 않을래?"

상황과 어울리지 않는 평화로운 메시지가 얼빠진 느낌이었다. 코로 피식 숨이 새 나갔다.

윌은 내가 도망친 걸 모르고 있을까.

이 스마트폰 번호는 전에 알려줬지만, 윌이 메시지를 보낸 건 처음이었다.

"이 열차는 종점, 빅토리아역에 도착합니다."

갑자기 안내 방송이 나왔다. 미아는 서둘러 책을 덮고 찰리를 흔들어서 깨웠다. 덜컥이는 진동과 함께 열차가 멈췄다. 뻑, 하고 문이 열리는 소리가 들렸다. 옷가방과 백팩과 찰리의 손을 잡고 미아는 화장실에서 나갔다. 줄줄이 열차에서 내리는 사람들 뒤로 플랫폼에 내려섰다.

엄청난 인파가 같은 방향으로 걸어서 앞쪽이 보이지 않았다. 군중이 움직이는 대로 따라갔는데, 어른들의 어깨 너머로 개찰구가 보였다.

안 돼. 이 역은 전부 자동개찰기야. 미아는 순간 멈춰 섰

231

다. 뒤에서 걷던 어른이 미아에게 부딪칠 뻔해서 "엇." 하며
옆으로 비켰다.

"찰리, 이쪽."

미아는 찰리의 손을 잡고 정면이 아니라 왼쪽으로 비스
듬히 앞을 향해 걸어가기 시작했다. 자동개찰기의 가장 끝
에 수동문이 있고 그 옆에 역무원 아저씨가 있었는데, 문을
그냥 열어두고 있었다. 커다란 여행 가방이나 유아차를 미
는 사람들이 그곳으로 지나갔다. 역무원은 큼직한 쓰레기봉
투를 든 환경미화원과 담소하면서 지나가는 사람들의 표는
전혀 확인하지 않았다. 저기로 빠져나갈 수밖에 없어.

그렇지만 미아와 찰리가 수동문까지 10미터 정도 남겨두
었을 때, 역무원이 지나가는 사람들 쪽으로 돌아서서 제대
로 표를 확인하기 시작했다.

틀렸어. 우리는 표를 갖고 있지 않으니까 저기서 걸릴 거
야. 심지어 아이들뿐이니까 더 성가신 일이 생길지도 몰랐
다. 미아는 찰리의 손을 끌며 개찰구를 뒤로하고 군중과 부
딪치지 않도록 벽까지 걸어간 다음 플랫폼으로 돌아가기
시작했다.

프레스턴파크역처럼 아무도 없는 작은 역으로 가야 했
다. 그러지 않으면 표 없이 밖으로 나갈 수 없었다.

"왜 그래? 어디 가는 거야?"

불안한 표정으로 찰리가 물어보았다.

"괜찮아. 지금 생각하고 있으니까."

미아의 답을 들은 찰리가 말했다.

"화장실 가고 싶어."

"참을 수 있어?"

"못 참아. 한참 참았던 거라…."

미아는 멈춰 있던 열차에 찰리의 손을 잡고 올라탔다. 그리고 화장실이 있는 차량을 찾아 문을 열고 찰리에게 볼일을 보게 했다.

"아직 남았어? 찰리, 끝났어?"

"응."

답과 다르게 찰리는 좀처럼 나오지 않았다.

"왜 그래?"

미아가 물어보는데, "오오오, 우우아아아앙아아." 하고 땅속에서 울리는 듯한 저음으로 찰리가 울기 시작했다. 공황에 빠졌어. 동생이 이렇게 되면 수습할 수 없다는 걸 미아는 알고 있었다.

"찰리, 문 열어. 괜찮으니까 이 문 열어줘."

"아아아아, 안 열려. 문이 안 열려."

"자물쇠를 풀어."

"자물쇠가, 안 풀려, 우아아아, 밖에 못 나가, 아아아아아."

찰리가 화장실 문의 자동 잠금을 푸는 버튼을 난폭하게 팡팡 두들기기 시작했다.

"그렇게 버튼을 때리면 안 돼! 망가지면 진짜 못 나와. 진정해, 찰리. 양손을 가슴에 두고 숨을 크게 들이쉬어."

항상 그랬듯이 미아는 찰리에게 심호흡을 시켰지만 찰리는 버튼을 계속 두드리며 "우아아아아아, 와아아아." 하고 괴로워했다.

그때 한 손에 커다랗고 투명한 쓰레기봉지를, 다른 손에 집게를 든 환경미화원이 노란 형광색 조끼를 반짝이면서 옆 차량에서 건너왔다.

"왜 그러니? 누가 갇혔어?"

소란스러워지면 안 된다고 생각한 미아는 최대한 침착하게 말했다.

"네, 동생이 한참 나오지 않으니까 보고 오라고 엄마가 말해서… 자물쇠가 열리지 않나 봐요."

"얘야, 잘 들어. 그만 울고, 나오고 싶으면 내 말을 잘 들어."

몸집 큰 환경미화원이 소리치자 찰리의 울음소리가 그쳤다.

"잘 들어, 진정하고 버튼 위에 손가락을 둔 다음에 3초 동안 계속 눌러. 손가락을 올리고 셋을 세는 거야."

"…응."

찰리의 힘없는 목소리가 들렸고, 몇 초 뒤에 문이 열렸다. 찰리는 쏜살같이 달려와 미아에게 안겼다. 환경미화원이 웃으면서 말했다.

"이 문은 오랫동안 버튼을 눌러야 열려."

"정말 감사합니다."

미아는 서둘러 출구로 돌아가려 했지만, 문이 닫히더니 열차가 천천히 출발했다. 차량 앞쪽 위의 안내 표시를 보니 개트윅 공항까지 멈추지 않는 헤이스팅스행 급행열차였다. 한동안 열차가 멈출 일은 없었다.

미아는 단념하고 비어 있는 자리를 찾았다. 그리고 창가에 찰리를 앉히고, 자신은 통로 쪽에 앉았다. 공황에 빠질 때마다 그러듯이 찰리는 천식에 걸린 사람처럼 숨을 헐떡였다. 미아는 무릎 위에 찰리의 상반신을 눕히고 재우면서 떨고 있는 등을 부드럽게 쓰다듬었다. "괜찮아, 괜찮을 거야. 계속 같이 있으니까."라고 잠꼬대처럼 반복하는 사이에 찰리의 호흡이 서서히 차분해졌고 머지않아 눈을 감고 잠들었다.

미아는 찰리를 재운 다음 다시 백팩에서 책을 꺼내어 펼쳤다. 글자라도 읽지 않으면 미아까지 못 버틸 것 같았다.

죽음의 천사가 찾아들자 마음이 갑자기 고양되었다.

나는 뒷문으로 몰래 나가 단숨에 달려갔다. 서둘러야 급행열차보다 먼저 도착할 수 있었다. 나는 필사적으로 달렸다. 겨우 찾아온 구원을 놓칠 수는 없었다. 전력으로 뛰지 않으면 늦는다, 늦으면 죽지 못한다, 죽지 못하면 구원받을 수 없다. 모든 것이 정연하고 단순한 직선으로 이어진 것 같았다.

돌이켜보면 내 인생은 언제나 너무 복잡했다. 무언가가 곧장 목적으로 이어져 있어서 거기에 도착하면 되는 일 따위는 없었다. 기대하면 배신했고, 믿으면 버렸고, 금세 막다른 길과 마주하여 하는 수 없이 옆으로 벗어나면 그곳은 어두운 내리막길이었다. 점점 내려갈 뿐인 비탈길을 나는 떨어질 만큼 떨어졌다. 이제는 더 이상 떨어질 곳도 없다.

그렇기 때문에 죽음의 천사가 어둠 속에서 나를 끌어 올리기 위해 찾아온 것이다. 그렇게 생각하면 마음이 들떴고 달리는 다리까지 가볍게 느껴졌다.

누구에게도 들키지 않도록 나는 가만히 둑 아래에 웅크리고 열차가 오기를 기다렸다.

하지만 아무리 시간이 지나도 열차가 오지 않았다.

이윽고 나는 이미 열차가 지나갔다는 사실을 깨달았다.

도망쳐야 했다. 삶에서도 도망쳐야 했다.

그 순간, 또다시 천사의 날개가 내 뺨을 건드렸다.

백천白川. 그 하천에 몸을 던지는 거야. 그 푸르고 깊은 강에 잠기면, 내 몸도 찾지 못할 거야.

나는 다시 달리기 시작했다. 건널목을 그대로 가로질러서 나 자신이 죽음의 천사가 쏜 화살이 된 듯 곧장 달렸다.

이와시타 가의 뒷산에 올라 나 자신을 되찾았을 때 보았던 백천의 풍경이 떠올랐다. 역과 여관, 상점과 헌병대 초소 등이 빼곡히 들어서 있는 마을 너머에 듬직하게 펼쳐지는 부용봉. 백천은 그 산자락을 따라가듯이 햇빛을 반사하면서 평화롭게 흐르고 있었다.

백천 기슭에 도착하니, 전부 준비되어 있는 듯이 고요했다. 사람도 없었다. 쉬지 않고 전속력으로 달려온 나는 안심한 순간 다리에 힘이 풀려서 자갈밭에 쓰러졌다. 여름날의 햇살에 달궈진 자갈은 타는 듯이 뜨거웠지만, 살갗까지 녹초가 된 내게는 어렴풋한 감각밖에 없었다.

가슴의 고동이 진정된 다음 나는 몸을 일으켰다. 그리고 강변의 자갈을 손바닥으로 떠서 묵직해질 때까지 소매 속에 넣었다. 그런데 물속에서 자갈이 흘러나와 몸이 수면으로 떠오르면 어떡하지? 그런 생각이 들자 나는 붉은 속치마를 벗어서 자갈밭에 펼쳤다. 그리고 속치마 위에 큼지막한 돌을 놓고 둘둘 말아서 띠로 만든 다음 배에 묶었다.

이러면 돼. 이걸로 내 사체는 영원히 발견되지 않을 거야.

물의 일부가 되어 한들한들 수초처럼 흔들리는 나의 창백한 몸을 상상했다.

준비는 끝났다. 이제 뛰어내리면 될 뿐이다.

손에 잡고 있던 책과 가슴 사이로 두 눈이 자신을 엿보고 있어 미아는 가슴이 덜컥했다. 무릎을 베고 자는 줄 알았던 찰리가 가만히 미아의 얼굴을 올려다보고 있었기 때문이다. 두 눈에 눈물이 가득 고여 있었다.

"집에 돌아가자."

찰리는 입술을 떨며 말했다. 핏기가 사라진 얇고 파란 입술이었다.

"집 같은 건 없어."

"…있잖아."

"엄마가 병원에 이송되었대. 그러니까… 우리가 돌아갈 집은 이제 없어. 지금 돌아가면, 소셜이 우리를 보호할 거야."

미아의 말에 찰리는 입술을 일자로 꾹 다물고 눈에서 뚝뚝 눈물을 흘렸다. 그리고 침을 흘리면서 입을 반쯤 벌리고 "우오오오오오."라고 다시 신음하기 시작했다.

근처에 앉은 사람들과 통로에 선 사람들이 일제히 미아 쪽을 보았다. 러시아워는 지났지만 아직 런던에서 퇴근하는 사람들이 많이 타는 시간대였다.

찰리는 기이한 소리를 내며 미아의 무릎 위에서 고개를 좌우로 흔들었다. 그러다 목이 메어 기침을 하며 당장이라도 토할 것 같은 소리를 냈다.

"괜찮니?"

앞자리에 앉아 있던 여성이 돌아보고 미아에게 물었다. 미아는 서둘러 짐을 챙겨 찰리를 데리고 차량의 통로를 걸어 화장실이 있는 뒤쪽으로 돌아갔다. 그리고 다시 화장실 문을 열고 찰리를 들여보냈다.

"토할 거면 여기서 해."

미아는 대변기 뚜껑을 열고 찰리의 머리를 꾹 눌러서 상반신을 구부리게 했다. 찰리는 일단 공황에 빠지면 쉽사리 회복하지 못한다. 자신도 불안한 때에 찰리까지 이렇게 되니 미아는 조바심이 났다. 이런 찰리를 데리고 끝까지 도망칠 수 있을까. 찰리의 공황이 전염된 듯이 미아의 심장 고동도 빨라졌다.

누군가 화장실 문을 두드렸다.

"괜찮으세요?"

낮게 울부짖는 찰리의 소리가 바깥으로 새 나간 것이다. 화장실에서 어린아이를 학대한다고 생각할지도 몰랐다. 미아는 찰리의 머리에서 손을 떼고 몸을 똑바로 세운 다음 꾹 안아주었다.

"괜찮아. 괜찮으니까, 나는 여기에 있으니까, 함께 있으니까, 진정해."

자신이 달래는 사람이 찰리인지, 문밖에 있는 사람인지 알 수 없었다. 아무튼 미아는 또박또박 큰 소리로 말했다.

"집에 돌아가고 싶어어어어어."

찰리가 울면서 절규하기에 미아는 답했다.

"응, 돌아가자. 집에 가자. 금방 도착할 거야."

밖에 있는 사람은 더 이상 문을 두드리지 않았다.

이비가 보낸 왓츠앱 메시지가 도착했을 때, 윌은 방에서 숙제하는 중이었다.

"혹시 지금 미아랑 같이 있어?"

이비가 메시지를 보낸 건 오랜만이었다. 왜 이런 걸 물어보지? 요즘 학교에서 미아랑 이야기하니까 사귄다고 소문이라도 난 건가.

윌은 그렇게 짐작하고 귀찮다는 듯이 한 마디로 답장했다.

"노."

곧바로 이비가 답장을 보냈다.

"OK. 혹시 연락이 오면 알려줘."

놀리는 걸 수도 있었다. 이비와 친구들은 종종 그런 짓을 했다. 누군가의 집에 모여서 남자아이한테 뜬금없는 메시지를 보낸 다음 반응을 보고 웃는 것이다. 그 장난에 걸려들 수는 없었다. 이럴 때는 쿨하게 무시하는 게 상책이었다.

윌은 스마트폰을 내려놓고 다시 책상 앞에 앉았지만, 사실 숙제는 전혀 진도가 나가지 않았다. 몇 시간 전에 처음으로 미아에게 메시지를 보냈지만, 답이 없었기 때문이다. 바로 읽었다고 표시되었으니, 미아가 메시지를 확인한 건 분명했다. 느닷없이 같이 공연하자는 말을 메시지로 해서는 안 되었는지도 몰랐다. 이비처럼 활발한 여자아이라면 '좋아! 하자.'라고 가볍게 답했겠지만, 미아는 무언가 골똘히 생각할 수도 있었다. 갑자기 공연을 제안한 나를 제멋대로라고 어이없게 생각하지는 않을까.

애초에 녹음한 랩을 한 번 들려주었을 뿐인데 벌써 함께 무대에 서자고 하다니, 적당히 하라고 불쾌해할지도 몰라. 미아는 그 정도로 내게 마음을 열어주지 않았으니까.

미아는 거침없이 들어오는 인간을 싫어하는 게 틀림없

어. 어떡하지. 이제 와서 메시지를 삭제해도 이미 읽어버렸
는데.

월은 각도기와 컴퍼스를 손에 쥔 채 책상 위에 축 엎드
렸다. 오늘 학교에서 수학 시간에 미아가 울었을 때, 월의
머릿속은 시스템 다운을 일으켰다. 그 뒤로 아무것도 제대
로 생각할 수 없었다. 미아가 그렇게 울다니, 대체 무슨 일
이 있었을까? 몹시 알고 싶었지만 '무슨 일 있었어?'라고 갑
자기 묻는 건 무례하다고 할까, 촌스러운 참견쟁이 같았다.
그래도 알고 싶어. 알지 못하면 더 이상 내 시스템은 회복되
지 않을 거야.

그러다 혼란스러워져서 결국 의도 모를 엉뚱한 메시지를
보내버린 것이다.

"하이, 미아. 좀 생각해봤는데, 다음 주 음악부의 크리스
마스 콘서트에 나가지 않을래?"

"「양손에 토카레프」를 나랑 같이 하지 않을래?"

월은 책상 옆에 둔 스마트폰을 들어서 다시 한 번 자신
이 보낸 두 메시지를 보았다.

절망적으로 잘못됐어. 그냥 즉흥적으로 말한 것 같기만
하고, 너무 경솔해.

그렇지만 이미 읽었다는 말은 즉, 더 이상 돌이킬 수 없
다는 뜻이었다. 그렇다면, 지금 바로잡으려면, 만회하는 메

시지를 보내야 하지 않을까. 여기서 무언가 보내지 않으면 조금 열린 미아의 문이 다시 닫혀버릴 거야.

윌은 스마트폰을 잡고 열심히 메시지를 입력하기 시작했다. 썼다가 지우고, 고민한 다음 다시 썼다. 어떤 시험에서도 이토록 집중한 적은 없었다.

"미안, 미아. 혼자서 너무 앞서갔어. 하지만 정말 장난친 거는 아냐. 나는 오래전부터 진심으로 너와 함께 음악을 하고 싶었어. 왜냐고 생각할 수도 있어. 아마 처음에는 호기심이었을 거야. 그리고 네가 진짜라고 생각했고. 진짜라는 말을 쓰면 안 될지도 몰라. 상대를 위에서 내려다보는 차별적인 말이라고 하는 사람들도 있으니까. 하지만 진짜라는 건 정말 대단한 거야. 그건 강하다는 뜻이야. 외면하지 않는다는 거야. 나는 너와 같은 글을 쓸 수 없어. 그래서 네가 필요해."

거기까지 쓰고 윌은 서둘러 마지막 문장을 지웠다. "네가 필요해."라니 아무래도 이건 아니야. 러브레터처럼 되기 시작했잖아. 윌은 잡념을 떨치듯이 고개를 흔들고 숨을 후 토하며 마음을 가라앉힌 다음 다시 스마트폰과 마주했다.

"내가 너를 이해할 리는 없어. 솔직히, 네 가사를 읽었을 때 그렇게 느껴서 슬펐어. 하지만 이해하지 못하니까 알고 싶어. 이해하지 못하는 말의 의미를 조금이라도 이해하고 싶어. 이해하기 위해 노력하고 싶어. 인간은, 이해하지 못하는 걸 이해할 수 있게 되면서 살아가는 거잖아? 그러니까 내가 그럴 수 있도록 도와주지 않을래? 물론, 나도 너를 도울게. 양손에 토카레프를 쥐고 선 너를, 트랙으로 도울게. 필요할 때는 네 뒤에서 리볼버든 라이플이든 쏠게."

거기까지 쓰고 월은 손가락을 멈췄다.

왓츠앱으로 이렇게 긴 글을 쓸 수 있을 줄은 몰랐다. 어느 정도 쓰다 보면 더 이상 못 쓸 줄 알았는데, 그러지 않아서 이상하게 길어지고 말았다. 이렇게 장대한 메시지를 미아가 읽어줄 리 없는데.

지워야 한다고 월은 생각했다. 전체적으로 좀더 다듬지 않으면 이 메시지는 집요해 보일지도…. 더 이상 수학 숙제를 할 때가 아니었다. 월은 창밖의 어두운 하늘을 보며 어쩔 줄을 몰랐다.

도대체, 해가 뜰 때까지 나는 이걸 보낼 수 있을까.

미아는 개트윅 공항에서 내려 런던으로 돌아갈 셈이었다. 하지만 찰리가 "모르는 데 내리기 싫어. 모르는 데 가기 싫어."라며 또 울고불고해서 이 상태로 동생에게 무언가 시키는 것은 무리라는 것을 깨달았다.

그대로 열차에 남아 종점인 헤이스팅스에 도착해서도 찰

리는 플랫폼에 내리길 싫어했다. 열차에 올라탄 환경미화원을 피해서 손을 잡아끌어 플랫폼에 내리자마자 찰리는 다시 기이한 소리를 내기 시작했다. 어쩔 수 없이 미아는 반대편에 멈춰 있던 열차에 탔다. 찰리는 열차에 타면 안심했다. 열차에 타고 있으면 언젠가 집에 돌아간다고 생각하는 것 같았다.

왜 이렇게 돌아가고 싶어할까. 어른들에게 맘대로 휘둘리고 농락당했던 그 집의 뭐가 그렇게 좋을까.

올라탄 열차의 목적지는 빅토리아역이었다. 다시 런던으로 돌아가는 것이다.

아침까지 이렇게 열차에서 열차로 갈아타야 할지도 모른다고 미아는 생각했다. 열차 안은 따뜻했고, 찰리는 바깥을 무서워했다. 특히 밤에는. 찰리는 어두워진 다음에 외출하는 걸 싫어했다.

이런 식으로 찰리가 겁이 많아진 것도 그 집에서 이런저런 꼴을 당했기 때문이다. 또다시 떠올리기 싫은 일의 단편이 떠올라서 미아는 고개를 가로저었다.

아까부터 통로 반대편에 앉아 있는 남자가 이쪽을 빤히 바라보는 걸 눈치챘다. 테이블 위에 맥주 캔 두 개를 놓고 끈적끈적한 눈빛으로 미아를 보는 중년 남자가 있었다. 다 낡은 옷차림에 옆 좌석에는 속이 꽉 찬 슈퍼마켓 봉지를 세

개 두고 있었다. 흘끗 그쪽을 보자 벌게진 얼굴로 미아에게 윙크를 했다.

등부터 팔까지 소름이 가득 돋았다. 미아는 찰리를 일으키고 짐을 챙겨서 차량 뒤쪽으로 자리를 옮겼다. 그 남자도 통로를 걸어서 미아의 앞자리에 앉았다.

이토록 늦게 헤이스팅스에서 열차에 타는 사람은 없었다. 차내에는 미아와 찰리 외에 아무도 없었다.

미아는 찰리를 데리고 다시 걷기 시작했고, 다른 차량으로 이동해서 화장실을 발견했다.

"나 오줌 마렵지 않은데, 왜 화장실에 왔어?"

화장실에 들어가자마자 찰리가 의아해하며 물었다.

"이상한 아저씨가 있거든. 여기가 안전해."

자물쇠를 걸고 틀어박힐 수 있는 이 좁은 공간만이 미아와 찰리가 안전하게 있을 수 있는 곳이었다.

도망칠 수 없는 것이다.

도망치고 싶은데, 자유로워지고 싶은데, 안전하게 있으려면 문을 걸고 틀어박히는 수밖에 없다.

미아는 문득 엄마를 떠올렸다. 엄마는 아이들을 버리고 도망치는 걸 생각한 적이 없었을까. 도망쳐서 바깥세상으로 나가려고 했던 적은 없었을까. 항상 그 좁은 집에 틀어박혀 있던 엄마는 대체 무엇으로부터 안전하고 싶었을까.

오줌과 담배 냄새로 찌든 화장실 안에 두 시간이나 틀어박혀 있기는 어렵겠다는 생각이 들었다. 조금 있다가 밖에 나가서 차량을 몇 개 건너 멀리 떨어진 자리에 앉으면 그 남자가 못 찾을까. 대변기 뚜껑 위에 앉아 있는 찰리는 뒤쪽 벽에 머리를 기대고 괴로운 표정으로 잠들어 있었다. 볼에 남은 눈물의 흔적이 반짝였다.

무리인지도 몰라. 미아는 생각했다. 아직 우리에게는 무리인지도 몰라.

덜컹. 큰 진동과 함께 다시 열차가 출발했다.

기우뚱, 하고 몸이 바닥 쪽으로 끌리며 흔들렸다.

소매에 넣은 자갈과 배에 묶은 돌의 무게 때문이었다. 나는 온몸에 힘을 주고 버드나무로 걸어가 줄기를 붙잡고 강을 들여다보았다.

수면에 검푸른 윤기가 돌았다. 기름진 입을 떡 벌리고 나를 기다리는 듯했다. 문득 백천 바닥에 용이 살고 있다는 전설이 떠올랐다.

그렇구나. 나는 다미의 반짇고리가 어떻게 되었는지 알았을 때, 내 배 속에 용이 산다는 것을 깨달았다. 그때, 입에서 불을 뿜어 할머니의 집을 불태우려 했던 용은 백천 바닥에 사는 용이었는지도 모른다. 이건 운명이었던 것이다. 내 배 속에서 줄곧 세상을 저주했던 용이 이제 내 몸과 함께 물속으로 돌아간다.

고요한 수면을 보니 온몸의 털이 곤두섰지만, 그 느낌은 공포와 달랐다. 내 속의 용이 그 어둠을 향해 빨리 뛰어들려고 안달하는 듯했다.

맴맴맴맴맴.

갑자기 매미가 울었다. 내 머리 위에서 매미가 기운차게 울기 시작한 것이다. 어디서 우는 걸까. 주위를 둘러본 나는 흠칫 놀라 그 자리에 못 박혔다.

나를 둘러싼 세계가, 너무나 아름다웠기 때문이다.

산도, 나무도, 꽃도, 풀도, 돌도, 모두 반짝반짝 빛을 내며 평화롭게 어울리고 있었다. 그건 방금 전까지 보았던 광경이 아니었다. 같은 자리에 서 있는데, 세계가 전혀 다르게 보이다니 그럴 수 있을까. 내 머리 위에서 우는 매미와 꽃들과 동물들은 세계를 이런 식으로 볼 것이라는 직감이 들었다.

이토록 아름다운 것들에 나는 작별을 고하려 하고 있어.

지금 뛰어들면 혹독한 벌과 배고픔에서 도망칠 수 있어. 그렇지만, 그래도 아직 세계에는 아름다운 것이 잔뜩 있어.

아직 못 본 것, 내가 모르는 것이 수없이 있어. 지금 살고 있는 세계만이 내가 살아갈 장소라고 단정할 수는 없어.

세계는 넓어.

맴맴맴맴맴맴맴맴.

여름 하늘에 우렁찬 매미의 울음이 퍼져 나갔다. 이곳과 다른 어딘가와 이어져 있는 하늘은 끝없이 높고 품이 넓었다. 나는 하늘을 올려다보고 눈을 감았다. 어머니와 아버지와 동생들, 야마나시의 사람들, 지금껏 만나고 헤어졌던 사람들이 살아가는 세계가 이 하늘 아래에 있다. 그렇다면, 아직 만나지 못한 사람들도 이 하늘 아래에 존재하면서 틀림없이 이 순간을 살아가고 있을 것이다.

나는 죽을 수 없다. 아직 모르는 수많은 것을 알 때까지, 아직 만나지 못한 사람들과 만날 때까지, 살아내야만 한다. 지금 이 드넓은 하늘 아래에는 나처럼 울고 있는 사람들도 있겠지. 학대를 당하는 사람들도 있겠지. 나는 그 사람들에게 전해야 한다. 이곳이 아닌 세계는 지금 여기에 있고, 여기부터 펼쳐진다고. 다른 세계는 존재한다.

고요하게 머리가 맑아졌다.

나는 천천히 백천 변의 자갈밭으로 내려가 소매에 담은 자갈을 버리고 허리에 감은 앞치마를 풀어서 돌을 하나하나 던져버렸다.

백천의 물은 더 이상 전과 같은 색이 아니었다.

무한히 펼쳐진 하늘의 색을 담아 푸르른 그 물은 힘차고 맑았다.

"파란 책이 크리스마스 트리 옆에 떨어져 있었대."

레이철이 조이에게 말했다.

한숨도 자지 못한 조이는 부엌 테이블의 의자에 앉아서 스마트폰을 귀에 댄 채 안심한 듯이 입가를 손으로 눌렀다.

"아침 영업 준비를 하던 역의 커피 매점 직원이 파란 책을 주우러 가보니까 트리 뒤에 숨으려던 것처럼 벽에 기대서 아이들이 자고 있었나 봐."

"아이들은 다 문제없는 거지?"

"괜찮을 거야. 아무튼 지금 다녀올게."

조이는 어젯밤에 일어났던 일을 돌이키면서 손으로 이마를 짚었다.

"어젯밤 일은 아직 그 아이들한테 말하지 않는 게 좋을 것 같아."

"당연하지. 진정될 때까지 두 사람한테는 말하지 않을 거야."

레이철의 말에 조이는 고개를 끄덕였다.

"위험한 상태는 벗어났고, 어머니 쪽에는 다른 사회복지사가 붙어 있어."

레이철이 그렇게 말했을 때, 이비가 걱정스러운 표정으로 부엌문을 살짝 열고 얼굴을 들이밀었다. 평소라면 아직 곤히 잘 시간인데 이비 역시 마음이 진정되지 않아 잠을 못 잔 것이다. 그럴 만했다. 어젯밤, 미아의 어머니가 단지의 베란다에서 뛰어내려 구급차와 경찰차가 오는 큰 소동이 일어났고, 조이의 집에도 경찰관이 사정을 물어보러 왔었다.

"미아랑 찰리 같은 아이들이 역에서 발견된 모양이야."

조이는 스마트폰에서 귀를 떼고 이비에게 전했다.

"같다니, 두 사람이 아닐 수도 있는 거야?"

"레이철이 지금 경찰이랑 같이 역에 확인하러 간대."

조이가 이비에게 그렇게 답하자 두 사람의 대화를 전화기 너머로 들은 레이철이 외치는 소리가 스마트폰으로 들렸다.

"이비, 미아랑 찰리일 거야! 옷차림만 봐도 틀림없어!"

조이는 다시 스마트폰에 귀를 대고 레이철에게 말했다.

"이제 어떻게 되는 거야?"

"일단 맡아줄 위탁부모를 찾을 거야."

"그 아이들, 같이 지낼 수 있어?"

"둘을 함께 받아들여줄 곳이 있는 게 가장 좋을 텐데, 그

251

런 곳이 없으면…"

"뿔뿔이 흩어지는구나. 학교는 옮기지 않아도 되고?"

"지역에 적당한 위탁부모가 있으면 좋지만, 그렇지 않으면…"

"멀리 가게 되는 거고."

조이는 테이블에 턱을 괴고 울음 섞인 목소리로 말했다.

"레이철, 그 아이들한테는 아무도 없어. 앞으로는 정말 아무도 없어질 거야. 미아의 이야기를 들어줘. 좋은 위탁부모를 찾아줘. 그 아이들을 부탁해."

"…응, 아무튼 나 지금 운전 중이니까. 경찰이랑 역에 다녀올게."

전화를 끊은 후, 조이는 팔꿈치로 테이블을 짚고 양손으로 얼굴을 감쌌다.

내가 틀렸던 걸까. 조이는 생각했다.

내가 복지과에 연락해서 의존증 치료를 시작했기 때문에 미아의 엄마는 균형을 잃고 이렇게 되어버렸다. 아무것도 하지 않는 게 그 가족을 위해서는 나았을지도 몰랐던 것이다. 미아의 어머니는 떨어진 자리에 자동차가 서 있었던 덕인지 생명에 지장은 없다지만, 신체에 장애가 남을 수도 있었다.

조이가 얼굴을 가린 채 고개 숙이고 있는데, 갑자기 부드러운 손이 살며시 어깨를 만졌다.

"엄마, 미아랑 찰리, 더 도와도 돼."

조이가 양손을 얼굴에서 치우고 올려다보니 이비가 진지한 표정으로 조이를 보고 있었다.

"엄마, 실은 계속 미아랑 찰리를 더 가까이에서 돕고 싶었잖아. 마음껏 도울 수 있는 건 지금 아냐?"

조이는 어깨 위에 놓인 딸의 손을 잡고 물었다.

"너는, 그래도 괜찮아?"

"나도 이제 어른이니까. 마미를 독점하고 싶은 어린애도 아니고."

이비는 후후 웃었다.

"미아랑 찰리라고 확실히 확인하면 레이철이 전화 주는 거야?"

"경찰도 같이 있으니까 어려울 수도 있지만, 그래도 메시지 정도는 주지 않을까?"

"그렇구나. 그럼 어차피 잠도 못 자니까 같이 차나 마시면서 기다리자."

이비는 그렇게 말하고는 싱크대 앞에 서서 주전자에 물을 담았다. 이비는 어느새 크게 자란 딸의 힘 있고 곧은 등을 가만히 바라보았다.

실눈을 뜨자 느닷없이 밝은 빛이 날아들었다. 반사적으로 눈을 감았다가 다시 살짝 눈을 뜬 미아는 주위를 둘러보면서 동네의 역에서 잠들었던 일을 떠올렸다. 울면서 공황에 빠진 찰리 때문에 막차로 이곳에 왔고, 역무원이 없었기에 자동개찰기를 아래로 기어서 통과한 다음 역내에 숨을 만한 장소를 찾아 잠들었던 것이다.

추위 탓에 손발이 저렸다. 몸이 돌처럼 무거워서 일어날 수 없었다. 오른팔에는 미아에게 찰싹 달라붙어 깊이 잠든 찰리의 머리가 올라가 있었다.

이렇게 추운 데서 재워서 미안해. 작게 속삭인 미아는 자신의 재킷을 입혀서 재운 찰리의 팔을 문지르며 덥혀주었다.

앞쪽으로 눈을 돌리자 역무원 사무실 쪽에서 어른들이 걸어오는 게 보였다. 그중 두 사람은 경찰복을 입고 있었다. 자세히 보니 군데군데 초록색으로 염색한 머리카락이 그 뒤에서 걷고 있었다. 레이철이다. 우리는 보호당할 거야. 결국 소셜에게 보호를 당해버리는 거야.

더 이상 찰리를 데리고 뛰어서 도망칠 수도 없었다. 온몸이 아프고 녹초가 되어 있었다.

모든 것을 포기한 듯이 미아는 천장을 올려다보았다.

플랫폼 건너편에 파란색 잉크를 떨어뜨린 듯한 푸른 하

늘이 펼쳐져 있었다.

조선의 강가에서 후미코가 본 하늘을 떠올렸다.

그 하늘과 이 하늘도 이어져 있을까. 그 하늘 아래에서 후미코는 아름다운 세계를 보았다고 했다. 다른 세계는 존재한다고 확신했다.

멍하니 앉아 있는 동안 어른들은 바로 앞까지 와 있었다. 레이철이 이쪽을 보고는 빠른 걸음으로 다가왔다.

디 엔드The end.

전부 여기서 끝난다.

파란 하늘의 끝자락이 하얗게 물들기 시작했다. 밤의 끝을 알리기 위해 곧 해가 떠오를 것이다.

딩동. 갑자기 메시지 도착 알림이 울렸다.

미아는 청바지 주머니에서 스마트폰을 꺼내 보았다.

지문으로 더러워진 화면 위에 검정 헤드폰 아이콘이 있었다.

에필로그

전부 끝났다.

그때 그렇게 생각했는데, 실은 아무것도 끝난 게 아니었다.

미아는 그 뒤로 50시간 가까이 내리 잤다. 로열 알렉산더 아동병원의 집중치료실에서 잠자며 한때는 생사의 갈림길을 헤맸다고 나중에 들었다.

인플루엔자와 폐렴에 동시에 걸린 데다 영양실조였다고 한다. 병실에서 눈을 떴을 때는 인간 스파게티가 된 듯이 팔에 투명한 튜브를 몇 개나 꽂고 있었다.

조이가 찰리의 손을 잡고 침대 옆에 서 있었다.

맞아, 우리는 동네로 돌아와서 역에서 보호당했어. 그때 갑자기 정신을 잃어서…. 거기까지 떠올리고 두 사람에게 말을 걸려 했지만 기침이 나왔다. 폐가 찢어진 게 아닐까 싶을 만큼 통증이 심해서 말을 할 수가 없었다.

"괜찮아. 아무 말 안 해도 괜찮아."

조이가 그렇게 말하며 미아를 보았다.

찰리는 겁먹은 얼굴로 기침하는 미아를 보았지만, 조이가 등을 문지르자 깊게 숨을 들이마시고 천천히, 하지만 또박또박 말했다.

"누나, 내 걱정은 하지 마. 나는 조이랑 이비랑 함께 있으니까. 내 걱정은 말고, 건강해져."

찰리는 소셜에게 끌려가지 않았던 것이다.

미아는 조이에게 감사를 전하려 했지만 다시 기침이 나오는 바람에 튜브가 몇 가닥 달린 팔을 움직여서 '감사'를 뜻하는 이모티콘처럼 가슴 앞에 두 손바닥을 모았다.

"미아, 하지 마. 그런 거 안 해도 괜찮아."

조이는 무척 화난 듯한, 당장이라도 울 듯한, 복잡한 표정을 짓고 있었다.

"너는 더 이상 아무것도 안 해도 돼. 외면하지 않고, 변명하지 않고, 무언가를 해야 하는 건 어른들이니까."

조이가 말을 마치는 것과 동시에 병실 문이 열렸다.

"미아, 눈떴구나!"

머리카락을 군데군데 초록색으로 염색한 레이철이 커피가 담긴 종이컵 두 잔을 들고 들어왔다. 레이철과 조이는 서로 마주 보더니 고개를 끄덕였다.

자세한 사정은 모르지만, 그 광경을 보니 왠지 미아는 안심이 되었다.

조이한테 찰리를 맡겨준 레이철에게, 찰리를 돌봐주고 있는 조이에게 미아는 감사했다.

전부 역에서 끝난 게 아니었다.

그 뒤로 며칠이 지나 호흡이 점점 편해졌고, 이비와 레일라가 병문안을 왔다.

비현실적인 조합이라고 생각했지만, 가출한 미아를 함께 찾다가 친해진 모양으로 평범한 친구 사이처럼 병실에 들어왔다. 놀라운 일은 그뿐이 아니었다. 이비는 찰리도 데리고 왔는데, 하교하는 찰리를 데리러 갔다가 그대로 병원에 온 것이었다.

"우리 이사하게 됐어."

태연하게 말하는 이비를 미아가 놀란 표정으로 바라보자 이비가 다시 고쳐 말했다.

"요즘 레이철이 네 명이 함께 살 집을 찾고 있대."

찰리도 웃으며 양손의 엄지손가락을 세워 보였다.

'디 엔드'는커녕 미아가 잠든 사이에 많은 것들이 변하기 시작했다.

그날 밤, 미아는 해열제와 진통제가 끊기며 기침이 나와서 눈을 떴다.

창밖에는 어두운 밤이 펼쳐져 있었다. 미아는 머리맡의 전등을 켜고 손을 뻗어 서랍에서 스마트폰을 꺼냈다.

그날, 역에서 윌의 메시지를 읽고 쓰러진 탓에 답장을 보내지 못했다. 계속 신경 쓰였지만 몸이 힘든 탓에 그냥 두고 있었다.

왓츠앱을 열어보니 가장 위에 윌이 보낸 최신 메시지가 있었다. "양손에 토카레프, 크리스마스 버전"이라고 쓰여 있었다.

공유 링크에 손가락 끝을 대자 미아가 처음 들어보는 곡이 시작되었다. 한순간 윌이 다른 곡을 잘못 보냈나 생각했지만, 랩 부분이 시작되어 들어보니 틀림없이 「양손에 토카레프」의 가사였다.

윌은 랩을 하는 자신의 목소리를 중성적인 높은 음색으로 가공하여 여러 사람이 코러스를 하는 것 같은 부분을 덧붙였다. 완전히 새로운 곡으로 다시 만든 것이다.

미아는 놀라서 손으로 입을 막으며 곡을 들었다.

이건 더 이상 나 혼자 떠올린 랩이 아냐. 같은 곡인데, 이토록 다르게 완성되다니.

작사가로는 미아의 이름이 쓰여 있었다. 아티스트의 이름은 'M&W'였다.

M과 W라니, 같은 글자를 뒤집은 것 같았다. 정반대지만 실은 같다는 인상을 주는 좋은 이름이라고 생각했다.

미아는 스마트폰에 메시지를 입력했다. 지금이라면 윌에게 답장을 보낼 수 있을 것 같았다.

"신기하네."라고 미아는 쓰기 시작했다.

"이곳이 아닌 세계로 가고 싶었는데, 세계는 아직 여기서 계속되고 있어. 하지만 이곳은 예전과 달라졌어. 아마 세계는 이곳에서부터, 우리가 있는 이 자리부터 변해서 이곳이 아닌 세계가 되는지도 모르겠다."

이렇게 추상적인 얘기를 적으면 윌이 고개를 갸웃할까.

"그렇다면, 여기 있는 세계는 바꿀 수 있어."

여기까지 쓰고 미아는 역시 그만두자고 생각하여 메시지를 지우려 했다.

침대 옆 서랍 속에 파란 표지의 책이 얼핏 보였다.

미아는 후미코가 보았던 하늘을 떠올렸다. 이곳과 다른 세계는 여기에서 시작하여 넓어지는 거라고 후미코에게 가르쳐준 푸른 하늘. 후미코가 그 깨달음을 자신처럼 고통을 겪는 사람들에게 전하고 싶다고 생각하게 한 힘차고 맑은 하늘.

후미코는 내게도 그걸 전하려고 온 건지 몰라.

미아는 다시 스마트폰을 바라보고는 눈 딱 감고 메시지를 보냈다.

"내년에는 무대에서 랩을 하고 싶어. 나는, 내 세계를 바꿀 수 있을까."

그렇게 덧붙여서.

곧바로 스마트폰에서 알림이 울리며 답장이 도착했다.

그건 얼마 전 월이 보낸 메시지와 다르게 짧고 간략한 답이었지만, 그야말로 월다운 말이라 웃음이 나왔다.

"모든 것에 YES."

미아는 곧 웃음을 멈추고, 빨려 들어가듯 그 답장을 바라보았다.

놀라운 일이었다. 화면에 'no'가 아니라 'yes'라고 쓰여 있었기 때문이다.

여기에 있었던 세계에는 존재하지 않았던 말, 그 말이 여기에 있는 세계에 존재하기 시작했다.

미아는 천천히 주위를 둘러보았다.

나의, 우리의, 세계는 여기에 있다.

참고 문헌

金子 文子, 『何が私をこうさせたか: 獄中手記』 岩波文庫 2017. (한국어판: 가네코 후미코 지음, 조정민 옮김, 『나는 나: 가네코 후미코 옥중 수기』 산지니 2022.)

鈴木 裕子(編), 『増補新版 金子文子 わたしはわたし自身を生きる: 手記·調書·歌· 年譜』, 梨の木舎 2013.

鶴見 俊輔, 『思い出袋』 岩波新書 2010.

山田 昭次, 『金子文子: 自己·天皇制国家·朝鮮人』 影書房 1996. (한국어판: 야마 다 쇼지 지음, 정선태 옮김, 『가네코 후미코: 식민지 조선을 사랑한 일본제국 의 아나키스트』 산처럼 2017.)

瀬戸内 寂聴, 『余白の春: 金子文子』 岩波現代文庫 2019.

キム·ビョラ(著), 後藤 守彦(譯), 『常磐の木: 金子文子と朴烈の愛』 同時代社 2018. (원서: 김별아, 『열애』 해냄 2017.)

鶴見 俊輔(著), 黒川 創(編), 『思想をつむぐ人たち: 鶴見俊輔コレクション 1』 河出 文庫 2012.

Fumiko Kaneko, Translated by Jean Inglis, *The Prison Memoirs of a Japanese Women*, Routledge 1991.

양손에 토카레프

초판 1쇄 발행 2023년 6월 27일
초판 2쇄 발행 2024년 5월 13일

지은이 브래디 미카코
옮긴이 김영현
펴낸이 김효근
책임편집 김남희
펴낸곳 다다서재
등록 제2023-000115호(2019년 4월 29일)
전화 031-923-7414
팩스 031-919-7414
메일 book@dadalibro.com
인스타그램 @dada_libro

한국어판 ⓒ 다다서재 2023
ISBN 979-11-91716-25-2 03830